NOUVELLES D'ÉCOSSE
DÉMONOLOGIE DU ROI JACQUES

D1731820

© Éditions Jérôme Millon – 2010
Marie-Claude Carrara et Jérôme Millon
3, place Vaucanson
F-38000 Grenoble

ISBN : 978-2-84137-256-0

Catalogue sur demande.

www.millon.com

NOUVELLES D'ÉCOSSE

1591
Anonyme

Suivies de la

DÉMONOLOGIE

1597
de Jacques VI Roi d'Écosse
devenu Jacques I Roi d'Angleterre

Avant-propos
Pierre KAPITANIAK

Traduction, introduction et notes d'humeur
Jean MIGRENNE

CET OUVRAGE A ÉTÉ TRADUIT AVEC LE SOUTIEN
DU CENTRE NATIONAL DU LIVRE
ET PUBLIÉ AVEC LE CONCOURS
DU CENTRE RÉGIONAL DES LETTRES
DE BASSE-NORMANDIE

JÉRÔME MILLON

Pierre Kapitaniak :
Maître de Conférences,
Université de Paris VIII.

Jean Migrenne :
Professeur honoraire des Classes Préparatoires
aux Grandes Écoles.
Traducteur de poésie de langue anglaise.

Avant-propos

La *Démonologie* du roi Jacques occupe un statut très particulier dans le vaste champ des traités démonologiques de la Renaissance européenne. Ce n'est pas un manuel juridique utile pour instruire les procès en sorcellerie comme le fameux *Marteau des Sorcières* ou encore la *Démonomanie* de Jean Bodin ; ce n'est pas un traité qui apporte de nouvelles idées en matière de théories sur le diable ou sur les sorcières comme le fut l'ouvrage de Jean Wier, ou celui de Reginald Scot ; ce n'est pas une somme de connaissances théologiques à l'instar des *Controverses et recherches magiques* de Martin Del Rio ; et en son temps il n'a pas marqué la scène européenne des chasses aux sorcières autant que les ouvrages cités ci-dessus.

Et pourtant, ce texte royal jouit à l'époque d'une certaine popularité si l'on en croit les neuf éditions entre 1597 et 1620, et son succès ne se dément certainement pas de nos jours avec pas moins de neuf rééditions au XXe siècle (dont huit au cours de ces cinquante dernières années) auxquelles il faut ajouter une traduction allemande (1969) et une italienne (1997)[1]. Il était donc plus que temps qu'une traduction française vît le jour.

Dans la nébuleuse des publications démonologiques renaissantes, la *Démonologie* de Jacques VI appartient à un type

---

1. G.B. Harrison, E.P. Dutton, 1924 ; Barnes & Noble, 1966 ; Theatrum Orbis Terrarum, 1969 ; [trad. allemande, 1969] ; Scottish Text Society, 1982 ; Godolphin House, 1996 ; [trad. italienne, 1997] ; University of Exeter Press, 2000 ; Oakmagic Publications, 2002 ; Filiquarian Publishing, 2006 ; Dodo Press, 2008. On peut y ajouter les récentes éditions électroniques : Forgotten Books, 2008 ; BiblioBazaar, 2008 ; Lulu.com, 2009 ; Indypublish.com, 2009.

d'ouvrages très étroitement liés à un événement, ou une série d'événements particuliers et localisés, ou à une expérience personnelle directe. Ainsi par exemple, en 1595 Nicolas Rémy publie sa *Démonolâtrie*, pour rendre compte de dix années passées en tant que magistrat en Lorraine ; le grand juge Henri Boguet publie son *Discours exécrable des sorciers* en 1602 rendant compte des procès qu'il a instruits entre 1598 et 1602 ; en 1612, le conseiller du Parlement Pierre De Lancre rassemble dans *Le Tableau de l'inconstance des mauvais anges et démons*, ses impressions d'une instruction commencée en 1609 dans la province basque du Labourd. Aucun de ces ouvrages ne se contente d'être un simple compte rendu des procès et il en va de même pour celui de Jacques. Rémy et de Lancre en particulier vont bien au-delà des préoccupations démonologiques en visant des projets bien plus littéraires. Le traité de Jacques, écrit au départ en réponse à deux séries de procès entre 1590 et 1591 puis entre 1596-1597 dans lesquels le roi se trouva personnellement mêlé, va pour sa part emprunter une direction plus politique.

Mais revenons tout d'abord sur quelques généralités concernant ce phénomène tristement célèbre et maintes fois déformé, fantasmé voire mythifié que furent les chasses aux sorcières entre le XVe et le XVIIIe siècle.

Contexte général des chasses en Europe

C'est un autre ouvrage qui constitue la référence en matière de sorcellerie. Le *Marteau des Sorcières*, ou *Malleus Maleficarum* voit le jour en 1486. Très vite il devient l'un des incunables les plus lus après la Bible. Et pourtant, il faut attendre près d'un siècle pour que le phénomène que cet ouvrage encourage de toutes ses forces prenne véritablement de l'ampleur pour aboutir à ce qui restera comme la plus grande vague de chasses aux sorcières que l'Europe ait connue dans son histoire.

Toutefois, il faut d'emblée relativiser l'étendue du phénomène, car beaucoup de légendes continuent à avoir la vie dure
à ce sujet : ainsi, la vérité statistique des chasses aux sorcières
(qui d'ailleurs étaient une fois sur quatre des sorciers) est bien
loin des millions avancés par les courants féministes dans le
sillage de Margaret Murray. Sur l'ensemble de la période où
ont eu lieu ces persécutions, qui s'étend sur trois siècles (1450-
1750), on dénombre une centaine de milliers de procès dont
environ la moitié aboutit à une exécution[2].

Le *Malleus* et ses innombrables rééditions sont également
révélateurs de l'importance des procès de sorcières : ainsi il est
régulièrement réédité jusqu'en 1520, puis aucune édition
avant une reprise en 1574 qui dure jusqu'à 1620. La seconde
période d'activité d'imprimerie correspond à peu de choses
près à la grande vague de chasses entre 1560 et 1620.

Les historiens expliquent l'intensification des procès en
sorcellerie au cours de cette période en privilégiant trois axes
principaux : religieux, politique et juridique. Le premier
vient surtout des conflits entre Protestants et Catholiques
qui s'enveniment un peu plus après la fin du Concile de
Trente en 1563 lorsque celui-ci décide de radicaliser les positions catholiques avec la Contre-Réforme. Ce début de
décennie semble constituer un véritable pivot dans les atti-
tudes officielles car 1563 marque le début des guerres de
religion en France, mais aussi la première grande chasse en
Allemagne du Sud à Wiesensteig[3]. L'explication politique qui
découle de la précédente repose sur le processus de forma-
tion d'États et de nations à cette époque qui débouche sur le
déclin progressif de l'état confessionnel au profit d'un plu-
ralisme religieux qui à son tour sonnera le glas des chasses

---

2. Voir Robin Briggs, *Witches & Neighbours: The Social and Cultural Context
of European Witchcraft*, Londres, 1996, p. 8-9.
3. Voir Wolfgang Behringer, *Witches and Witch-hunts: a Global History*,
Cambridge, 2004, p. 83-84.

aux sorcières et plus généralement des croyances à leur pouvoir à partir de la fin du XVIIᵉ siècle[4]. Enfin, à partir du XVᵉ siècle on assiste à l'évolution de la justice criminelle en France et en Allemagne, la procédure inquisitoire remplaçant progressivement la procédure accusatoire.

De plus, un facteur lié directement aux troubles politiques et religieux a été démontré au cours des dernières décennies par de nombreux historiens et anthropologues, qui ont décelé des corrélations géographiques dans les chasses. Ainsi, les territoires les plus enclins aux débordements se situent souvent en périphérie des États dotés d'un pouvoir centralisé comme la France (la Savoie, la Lorraine, le Pays Basque), ou bien dans des régions sans pouvoir centralisé puissant, comme les territoires germaniques[5]. Au facteur géographique, Wolfgang Behringer ajoute également des raisons climatiques en remarquant que les premières chasses commencent autour des Alpes (Italie, France, Suisse), puis gagnent le Nord de l'Europe au moment où l'Europe connaît un important refroidissement climatique[6]. Et de fait on ne s'étonnera pas qu'une des accusations les plus fréquentes contre les sorcières soit leur pouvoir de contrôler le temps et notamment de faire lever des tempêtes…

Particularités insulaires anglaises et différence avec l'Écosse

Pour la tradition historiographique anglaise les Îles Britanniques occupent une place légèrement à part dans ce grand mouvement de chasses, notamment en raison d'un nombre relativement bas d'exécutions liées aux affaires de sorcellerie. William Monter a effectivement montré qu'en

---

4. Voir Stuart Clark, *Thinking with Demons*, Oxford, 1997, p. 545.

5. Voir Bengt Ankarloo et Gustav Henningsen (eds.), *Early Modern European Witchcraft : Centres and Peripheries*, 1990.

6. Wolfgang Behringer, *op. cit.*, p. 61.

Angleterre il y eut bien moins de chasses que sur le continent et que celles-ci furent rarement centralisées. En réalité
moins de 400 personnes perdirent la vie dans des procès de
sorcellerie (dont une centaine fut décimée par Matthew
Hopkins en 1645). Si l'on rapporte ce chiffre aux 40 000 sorcières et sorciers qu'on pense avoir été exécutés en Europe
entre 1400 et 1800, cela représente à peine un pour cent,
pour un pays qui abritait vers 1600 cinq pour cent de la
population européenne[7].

Il est difficile de mettre cette relative clémence sur le
compte de l'insularité et d'un certain retard dans la circulation
des écrits et des idées, car jouissant des mêmes conditions
géographiques l'Écosse fut bien plus souvent embrasée par la
fièvre des procès. Difficile également de rendre compte de ces
chiffres par l'influence d'un pouvoir centralisateur, puisque le
même monarque, Jacques VI d'Écosse, est impliqué dans de
nombreuses instructions contre des sorcières, alors qu'il
semble plutôt freiner les procédures une fois devenu
Jacques Ier d'Angleterre.

De nombreux historiens trouvent une raison à cette différence dans les systèmes juridiques des deux Royaumes : alors
que l'Angleterre est régie par la *common law*, l'Écosse dispose
d'un système mixte où le droit civil, tel qu'il se pratique sur le
continent, coexiste avec des éléments médiévaux de *common
law*. Cela dit, Alfred Soman remarque qu'il ne fallait pas chercher trop de sens dans les différences entre les systèmes juridiques anglais et continentaux : « car il n'y a pas de raison
qu'un jury de citoyens ait été plus clément que plusieurs juges
siégeant en robes[8] ».

---

7. William Monter, « Re-contextualizing British Witchcraft », *Journal of
Interdisciplinary History*, xxxv : 1 (Summer, 2004), p. 106.

8. Alfred Soman, « Deviance and Criminal Justice in Western Europe,
1300-1800: An Essay in Structure », in *Sorcellerie et justice criminelle : le Parlement de
Paris, 16ᵉ-18ᵉ siècles*, Aldershot, 1992, p. 6. De plus, Soman montre que s'il y a peu
de condamnations pour sorcellerie, cela n'est pas vrai du crime en général.

D'ailleurs, la réalité si différente entre l'Angleterre et l'Écosse existe malgré une législation fort semblable et quasi contemporaine en matière de sorcellerie. Le *Witchcraft Act* écossais de 1563 (date qui coïncide avec la fin du Concile de Trente) met en place les conditions légales pour les chasses, dont la première débute dès 1568, suivie par une autre en 1577 avant d'arriver à la grande panique de 1590 puis 1597. En Angleterre, une loi similaire est votée par le Parlement en 1562 (après une première loi en 1541), qui se voit ensuite étendue et renforcée en 1603 à l'arrivée de Jacques sur le trône d'Angleterre.

Jacques VI d'Écosse / Jacques Ier d'Angleterre

Lorsqu'éclate l'affaire des sorcières de North Berwick, Jacques VI d'Écosse a vingt-quatre ans et a déjà échappé à plusieurs attentats. Personnellement visé par les sorcières, le jeune roi, pourtant fort sceptique, semble avoir été bouleversé par les aveux et les révélations d'Agnes Sampson. Pour prouver ses allégations, celle-ci rapporte au roi une conversation privée que ce dernier eut avec sa toute récente épouse lors de leur nuit de noces à Oslo. C'est le grand mystère de ce roi et de son traité : avant 1590 et après 1597 le roi semble adopter une attitude plutôt sceptique vis-à-vis de toutes sortes de superstitions et en particulier de ce qui touche aux sorcières. Dès 1597, il révoqua le pouvoir des cours locales à entreprendre des poursuites pour sorcellerie, à cause du danger qu'elles comportaient à l'égard d'honnêtes gens. Cette décision du Privy Council eut pour effet de mettre une fin radicale à ce type de procès. Et pourtant c'est cette même année que paraît la *Démonologie*, que le roi présente dans sa préface comme une attaque contre les sceptiques qui doutent de la réalité des sorcières.

Six ans plus tard, en montant sur le trône d'Angleterre, le roi fait paraître une nouvelle édition de son traité, cette fois à Londres, même s'il ne faut pas voir dans cette réédition le signe d'un intérêt renouvelé pour la démonologie, vu que l'arrivée du nouveau roi est prétexte à la réédition de tous ses traités qui avaient été auparavant publiés en Écosse[9]. La même année, le monarque renforce la législation de 1562 sur le crime de sorcellerie en l'élargissant de sorte que soit punie de mort toute personne qui évoque des esprits malins ou qui a commerce avec des familiers[10]. La loi de 1603 eut également pour effet de retirer le crime de sorcellerie de la juridiction de l'église pour le droit commun, mais en même temps eut pour conséquence de conduire une quarantaine d'années plus tard à la plus grande chasse aux sorcières qui eût jamais lieu sur le territoire anglais, menée par Matthew Hopkins en 1645.

Ainsi plusieurs hypothèses paraissent tout aussi insatisfaisantes : la thèse d'un roi-démonologue passionné par la sorcellerie ne résiste pas à un examen approfondi ; celle d'un jeune roi crédule qui devient plus sceptique avec l'âge n'est pas dayantage étayée par les faits. Diane Purkiss propose une autre piste en voyant le scepticisme du roi non pas comme un signe de plus grande maturité, mais plutôt comme un phénomène de mode[11]. En effet, le début de son règne anglais coïncide avec plusieurs procès de sorcellerie et des

---

9. Ainsi *A Fruitfull Meditation* (Edinburgh, 1588), *The True Lawe of Free Monarchies* (Edinburgh, 1598) et *Basilikon Doron* (Edinburgh, 1599) sont aussi imprimés à Londres en 1603, *Basilikon Doron* faisant même objet de 4 éditions entre 1603 et 1604.

10. C'est là une autre particularité de la sorcellerie anglaise, qui diffère de ce que l'on trouve en Écosse. L'importance des animaux familiers dans la vision de la sorcière anglaise mène à une différence quant à la nature des marques du diable : en Angleterre, c'est davantage un téton pour que l'animal puisse sucer le sang de la sorcière ; en Écosse (comme sur le continent) c'est une tache insensible laissée par le Diable (cf. William Monter, « Re-contextualizing British Witchcraft », *Journal of Interdisciplinary History*, vol. XXXV, n° 1, 2004, p. 110).

11. Diane Purkiss, *The Witch in History: Early Modern and Twentieth-century Representations*, Londres, 1996, p. 201.

affaires de possession qui se révèlent être des impostures et pour lesquels le roi témoigne un intérêt personnel[12].

Démonologie en forme de dialogue, divisé en trois livres

Si la chasse aux sorcières et l'existence des démons est un sujet qui passionne toute l'Europe, les auteurs qui s'attaquent à ce sujet proviennent de bords et de statuts fort variés : on compte parmi eux des théologiens, bien sûr, mais aussi des avocats, des juges, des philosophes... et des rois. Les traités démonologiques empruntent les uns aux autres d'innombrables anecdotes qui à mesure que les années passent s'agrègent en des sommes de plus en plus épaisses. En cela, les traités produits dans les Îles Britanniques s'écartent quelque peu du canon européen, surtout dans la seconde moitié du XVIe siècle. En effet, les auteurs de langue anglaise semblent spécialement influencés par deux réformateurs calvinistes ayant séjourné à Genève : Pierre Viret et Lambert Daneau[13]. La particularité de leurs traités tient surtout à leur forme dialoguée qui va constituer le gros de la production anglaise jusqu'à la fin du siècle[14].

Jacques ne coupe pas à la règle et compose son traité sous forme de dialogue, comme l'ont fait avant lui George Gifford et Henry Holland[15]. Le monarque partage avec ses prédéces-

---

12. Voir notamment Samuel Harsnett, *A Declaration of egregious Popish Impostures*, Londres, 1603 ou Edward Jorden, *A briefe discourse of a disease called the suffocation of the mother*, Londres, 1603.

13. Pierre Viret, *Le Monde à l'Empire et le Monde Demoniacke, fait par Dialogues*, Genève, 1561 et Lambert Daneau, *Les Sorciers, Dialogue très utile et nécessaire pour ce temps*, Genève, 1574.

14. Voir Pierre Kapitaniak, « Stratégies argumentatives dans les traités démonologiques dialogués en langue anglaise », à paraître.

15. Henry Holland, *A Treatise against witchcraft*, Cambridge, 1590 et George Gifford, *A dialogue concerning witches and witchcrafts*, Londres, 1593.

seurs deux autres caractéristiques qui semblent communes aux auteurs anglais. D'une part leurs traités ont tendance à être plus concis que ceux de leurs homologues continentaux ; de l'autre l'influence calviniste de la réforme anglicane développe une méfiance envers les auteurs païens ou scholastiques, ayant pour effet de recentrer toute démonstration sur les exemples bibliques. Jacques n'est pas en reste, car même si dans sa préface il passe en revue de nombreuses autorités de l'époque, il n'y fait jamais appel dans le corps de l'ouvrage, préférant se restreindre aux Écritures.

On a souvent voulu donner un sens fort aux sources qui ont inspiré le traité du jeune monarque. Ainsi, la *Démonologie* s'annonce comme un traité écrit contre Johann Weyer et Reginald Scot, deux auteurs qui ont pris ouvertement la défense des sorcières, très tôt dans le débat. Cela dit, on a du mal à croire que Jacques écrive son traité contre deux ouvrages qui datent respectivement de 1577 et 1584 soit vingt ans et treize ans après leur parution, et ce positionnement adversaire semble être plutôt une influence d'une de ses principales sources d'inspiration : *La Démonomanie* de Jean Bodin. En fait, ces trois auteurs sont très étroitement liés et leurs ouvrages forment un dialogue à trois voix d'une teneur polémique aiguë.

Johann Weyer était une figure majeure du débat sur les sorcières et rares sont les ouvrages sur ce sujet qui ne le mentionnent pas. Ce médecin originaire du Brabant, fut d'abord l'élève d'Agrippa – célèbre pour ses pouvoirs de mage et pour ses *Trois livres de la Philosophie Occulte* – pendant plus de cinq ans, avant d'étudier la médecine à Paris et à Orléans pour entrer ensuite au service du Duc de Clèves comme médecin personnel. Sa contribution majeure au débat paraît en 1563 à Bâle sous le titre de *De Præstigis Dæmonum et incantationibus ac venificiis*, et connaît immédiatement un grand succès, sans doute en raison de sa défense des sorcières et de sa critique du *Malleus Maleficarum*. L'argument principal de Weyer est que,

contrairement aux magiciens dotés de vrais pouvoirs, les sorcières ne sont que des pauvres victimes de leurs sens abusés
par le Diable et par conséquent ne méritent pas les châtiments
qu'on leur inflige. Les innombrables réactions à ces arguments, principalement pour les condamner, assurent un succès tel qu'en 1577, Weyer se fend d'un second opus sur la
question intitulé *De Lamiis*.

On ne présente pas Jean Bodin : l'ombre de ses *Six livres de
la République* continue à planer sur la réflexion politique
moderne. Mais ce jurisconsulte angevin s'intéressa également
à la question des sorcières après avoir assisté à une série de
procès et surtout après avoir lu les ouvrages de Johann Weyer.
À la fin de son traité, en effet, il consacre un long appendice
à la réfutation des thèses que Weyer expose dans *De Lamiis* et
qui n'ont que trois ans quand Bodin met sous presse son
ouvrage. La *Démonomanie des sorciers*, qui paraît donc en 1580,
entreprend de démontrer la gravité du crime de sorcellerie et
l'importance d'éradiquer ce fléau en recourant à la torture et
aux exécutions des coupables – recommandations aux anti-
podes de celles préconisées par Weyer.

Reginald Scot, quant à lui, intervient dans le débat presque
de l'extérieur. Ce petit propriétaire terrien du Kent, participa
en tant qu'ingénieur à la construction de barrages et d'écluses,
ainsi que de fortifications du port de Douvres pendant la
guerre contre l'Armada espagnole. Avant d'apporter sa
contribution au débat démonologique, il avait déjà publié en
1574 un traité pratique sur la culture du houblon. A-t-il eu
l'occasion d'assister à des procès dans le Kent (au moins trois
procès de sorcières y eurent lieu en 1581, 1582 et 1583), ou
bien a-t-il été aiguillonné par une curiosité savante ? Toujours
est-il qu'il publia en 1584 un ouvrage – *The Discoverie of
Witchcraft* – d'une rare érudition et d'une radicalité très en
avance sur son temps. Son objectif avoué était d'écrire une
défense de Johann Weyer et surtout de réfuter les thèses de
Bodin qu'il juge à maintes reprises n'être que mensonges et

absurdités. Pour Scot, non seulement les sorcières ne peuvent être que victimes d'illusions et d'abus, mais il va bien plus loin en niant de manière plus générale la réalité de toute magie. Des mots ne peuvent avoir d'emprise sur le réel, et les apparents liens de causalité entre les malédictions et les événements réels ne sont que coïncidences.

Fait curieux, les deux auteurs qui prônent un certain scepticisme à l'égard des phénomènes imputés aux sorcières (sans pour autant, comme on a eu trop tendance à le faire récemment, rejeter l'existence du diable et ses agissements) cessent d'être réimprimés à peu près en même temps. Dans le cas de Johann Weyer, ses deux ouvrages cumulent 17 éditions en latin, français et allemand entre 1563 et 1586, soit peu avant sa mort en 1588, mais on ne retrouve plus de rééditions ensuite avant le XIXᵉ siècle ; dans le cas de Reginald Scot sa première édition de *The Discoverie of Witchcraft* en 1584 sera aussi la seule pendant près d'un siècle. La *Démonomanie* de Bodin, en revanche, connaît pas moins de quinze éditions avant 1597 (et vingt-deux en tout entre 1580 et 1616). Il faut attendre Gabriel Naudé (1625) ou Friederich von Spee (1631) pour voir à nouveau faiblir la crédulité ambiante.

Il est intéressant d'observer qu'à part le trio Weyer/Bodin/Scot, les auteurs auxquels le roi fait référence dans sa préface (pour les oublier ensuite) sont au nombre de quatre, ce qui est très rare dans ce domaine[16]. Deux d'entre eux – Jérôme Cardan et Agrippa – ont influencé Weyer et ont tous deux été taxés de pratiquer la magie noire par à peu près l'ensemble des auteurs écrivant sur le sujet. Les deux autres, Andreas Hyperius et Niels Hemmingsen, sont deux théologiens réformés, cités souvent par Scot dans un noyau d'auteurs autour de Bodin véhiculant des idées similaires : Lambert Daneau, Andreas Hyperius, Niels Hemmingsen et

---

16. Il n'y a guère que George Gifford à faire encore moins appel à d'autres autorités que la Bible.

Thomas Erastus. Hyperius n'est pas vraiment une référence incontournable en matière de sorcières et d'esprits. La seule œuvre qui touche aux démons est un discours extrait des *Lieux Communs de la Religion Chrestienne*, publié à Genève en 1568, et traduit en anglais avec un autre lieu commun sur les astres sous le titre de *Two common places taken out of Andreas Hyperius* (1581). À part notre bon roi, Scot semble à peu près le seul à l'invoquer dans ce contexte, sans toutefois citer une œuvre en particulier. En revanche, le danois Hemmingsen occupe une place plus importante dans le débat en général, chez Scot qui le cite plus amplement, consacrant même plusieurs chapitres à critiquer son *Admonitio de superstitionibus magicis vitandis* (1575), et chez le roi Jacques qui l'a personnellement rencontré lors de son voyage au Danemark en 1589[17], voyage à l'origine de la série des procès qui donna naissance à la *Démonologie*.

Jacques affiche donc la volonté de s'inscrire dans ce dialogue en rejoignant plutôt le camp de Bodin, alors même que la véritable raison de son traité se trouve dans son implication à la fois en tant que victime et en tant que juge dans les procès des sorcières du North Berwick. C'est sans doute parce qu'il attaque avec véhémence Reginald Scot dans sa préface (alors qu'ensuite il n'y consacrera plus une seule allusion, allant jusqu'à évoquer un autre Scot, un saltimbanque italien du nom de Scoto[18]), qu'est née la légende selon laquelle lors de son accession au trône d'Angleterre, Jacques Ier aurait fait brûler tous les exemplaires de *Discoverie of Witchcraft*. En réalité, non seulement on ne trouve aucune trace de l'événement avant 1659[19], mais l'ouvrage a continué à circuler fort librement tout au long du règne du

---

17. Voir Lawrence Normand et Gareth Roberts, *Witchcraft in Early Modern Scotland: James VI's Demonology and the North Berwick Witches* (NR), Exeter, 2000, p. 34.

18. Voir Livre Un, chapitre VI, note 50.

19. La genèse de cette légende a été méticuleusement retracée par Philip Almond dans « King James I and The Burning of Reginald Scot's *The Discoverie of Witchcraft*: The Invention of a Tradition » (*Notes and Queries*, 2009).

monarque, inspirant, souvent à grand renfort de recopiage, plusieurs dramaturges de l'époque[20].

Mais où le roi-démonologue se positionne-t-il précisément dans ce débat ? Certes, dans ce dialogue cicéronien (c'est-à-dire celui où un disciple pose des questions au maître qui détient le savoir) on retrouve parfois dans la bouche de Philomathès (le disciple donc) des propos qui sont très proches de ceux de Scot[21], mais ce n'est pas pour autant qu'Épistémon (le maître) se range du côté de Bodin. S'ils partagent un commun souci de soumettre à la question et punir sévèrement les sorcières, à plusieurs reprises Épistémon émet des réserves sur des opinions qui sont clairement soutenues par Bodin et auxquelles le roi reproche une trop grande crédulité[22].

Le traité royal apporte peu au débat démonologique. Ses idées ne sont pas nouvelles ni originales, ses commentaires sur les passages bibliques ne sont guère plus que des lieux communs, et ce n'est pas là qu'il faut rechercher l'intérêt et la motivation de cet ouvrage. Le plan adopté par le roi se donne en trois parties : la magie, la sorcellerie et l'existence des esprits et démons. Sur ces trois points le monarque fournit des réponses attendues, reflétant une attitude réformée structurée par la doctrine de Calvin. On y lit une condamnation sans réserves des sorcières, un appel à la vigilance et à la sévérité lors des procès. Et si, contrairement à Bodin, le roi ne cite jamais de noms ni ne mentionne de procès spécifique, la plupart de ses exemples non-bibliques proviennent des dépositions d'Agnes Sampson, Geillis Duncan, Barbara Napier, Euphame MacCalzean, et bien sûr John Fian.

---

20. Thomas Middleton s'en inspire très copieusement dans *The Witch* (c.1616) et bien sûr Shakespeare dans *Macbeth*.

21. Voir Livre Un, chapitre i, note 4 sur la pythonisse qui contrefaisait la voix de Samuel.

22. Voir Livre Trois, chapitre i, notes 12 et 14. et Livre Trois, chapitre iii, note 35.

Ce qui ressort davantage de la *Démonologie*, c'est l'insistance réitérée de la gravité du crime de régicide auquel est assimilé à maintes reprises celui de sorcellerie. Comme beaucoup de traités, celui-ci se termine sur un chapitre consacré au châtiment réservé aux sorciers et sorcières, mais il est curieusement détaché du reste du livre III qui se penche sur les apparitions de toutes sortes, loin des agissements des nécromants ou sorciers. En cela il réitère les conclusions du livre I qui insistaient sur les différents châtiments que méritaient les magiciens. La fin du livre II, avant d'amorcer une transition vers la troisième partie, fait également allusion aux châtiments divins en ces temps où la religion (réformée) ne correspond pas toujours aux actions des hommes. Car trahir son roi – l'élu et représentant de Dieu – ou faire allégeance à Satan – son plus grand ennemi – ne sont que deux facettes d'un même crime suprême, et ce crime peut même mériter que l'on mette la loi ordinaire de côté. À la fin du livre III, le roi l'affirme sans détour : alors que « ni enfants, ni épouses, ni personnes de bien pire réputation ne peuvent jamais, aux termes de notre loi témoigner ou fournir des preuves suffisantes, certainement, pour une raison beaucoup plus importante, de tels témoignages peuvent être retenus dans des affaires de haute trahison à l'égard de Dieu[23] ». Une telle vision de la loi s'applique certes aux sorcières soutenues par le Diable, mais pas seulement…

L'« après Jacques »

Pourquoi cette *Démonologie* alors ? Le roi voulait-il satisfaire ses envies de lettré en publiant un traité savant sur un sujet à la mode et au centre de l'actualité de son royaume ? Mais Jacques, dont la culture humaniste n'a besoin de nulle preuve,

---

23. Voir Livre Trois, chapitre VI, page 205.

produit pourtant un opus dont l'érudition n'est certainement pas l'objectif et qui ne peut sérieusement nourrir l'espoir d'apporter une contribution de poids au débat démonologique. C'est donc que l'enjeu est ailleurs. Plus que la question des sorcières, c'est celle d'un complot contre lui qui anime le monarque. C'est peut-être pour cette raison que le roi ne cite jamais le moindre compte rendu ni ne ramène sa réflexion à des exemples précis, alors même qu'il ne cesse de rappeler au long des pages qu'il dispose de témoignages récents. Aurait-il à la fois intérêt à ce qu'on ne regarde pas de trop près ces dépositions – souvent suggérées dirait-on – et envie de donner à sa *Démonologie* une portée qui dépasse le domaine suggéré par son titre ?

D'ailleurs, un argument supplémentaire pour lire ce traité comme un pamphlet politique, plutôt que véritablement démonologique, est qu'effectivement, et malgré plusieurs rééditions dues davantage au rang royal de l'auteur qu'à une véritable demande des lecteurs, on retrouve peu d'allusions à ce traité sous la plume des autres auteurs dans ce débat.

En dehors de l'Angleterre, seul Pierre de Lancre juge utile de citer longuement Jacques sur les deux épreuves que l'on y fait subir aux sorcières : la marque et la capacité de flotter sur l'eau[24]. Un peu plus loin il le cite à nouveau à propos de l'usage répandu en Angleterre de nouer l'aiguillette, et pour finir reprend sa préface pour prouver la prolifération des sorciers dans les Îles britanniques[25]. De Lancre reconnaît donc l'autorité du monarque pour les affaires de son pays et toutes ses références conservent cette dimension locale. De même, quand Gabriel Naudé cite brièvement « le defunct Serenissime Roy de la grande Bretagne », quelques mois

---

24. Pierre de Lancre, *L'incrédulité et mescréance du sortilège*, Paris, 1622, chap. V, p. 299. De Lancre cite un long passage extrait du liv. III, chap. VI, de la version latine du traité parue en 1619.

25. *Ibid.*, p. 314-5 et 633.

aprèssa mort, il le fait pour son jugement très sensé sur Bodin et non pour ses arguments propres[26].

Il faut cependant rendre justice au roi. Si son traité semble si peu connu sur le continent, c'est peut-être en partie dû à sa diffusion ; les deux éditions latines de Hanovre ne semblent pas beaucoup circuler, et il faut attendre 1619 pour que paraissent les œuvres complètes en latin, l'édition dont se servent de Lancre et Naudé. Or les années 1620 marquent le déclin de l'intérêt pour ce sujet aussi bien dans la production savante, que bientôt dans les pratiques des cours de justice.

Dans son propre royaume, bien sûr, le roi jouit d'une plus grande popularité, mais l'intérêt pour la *Démonologie* semble suivre le monarque dans sa tombe, pour les mêmes raisons sans doute que sur le continent. Souvent, il ne s'agit que de flatter Sa Majesté. Ainsi, en 1605 par exemple Zacharie Jones, qui vient de traduire le premier livre de la somme que Pierre Le Loyer consacre aux spectres et apparitions, dédie l'ouvrage au roi, entre autres parce qu'il a si « religieusement et savamment » écrit sur ce sujet[27]. John Salkeld, un jésuite reconverti à l'anglicanisme, en fait de même pour son *Treatise of Angels* (1613). Dans un même souci de gagner les faveurs du roi, Thomas Cooper ne peut s'empêcher de faire l'éloge de Jacques au détour d'une section de son traité sur *The Mystery of Witchcraft* (1617).

Quand on va un peu plus au fond des choses, au point de retenir un argument royal, le choix semble toujours le même. Ce n'est peut-être pas un hasard si le seul passage de la *Démonologie* que cite John Swan en 1603, à propos du cas de possession de Mary Glover, concerne le châtiment extraordinaire que mérite

---

26. Gabriel Naudé, *Apologie pour tous les grands personnages qui ont esté faussement soupçonnez de magie,* 1625, p. 125. Naudé cite l'avis suivant de Jacques sur les pratiques des sorciers dont parle Bodin : « elles sont compilées avec plus grande diligence qu'elles ne sont rédigées avec discernement ». Voir note 8, page 116.

27. Pierre Le Loyer, *A Treatise of Specters,* Londres, 1605.

toute action de Satan[28]. Il en va de même pour Richard Bernard, qui dans son *Guide to Grand Jury Men*, publié peu après la mort du souverain, le cite pour justifier que les magiciens et nécromants méritent les mêmes châtiments que les sorciers[29].

Voici donc un traité dont l'apparente simplicité cache une œuvre qui n'est pas tout à fait ce qu'elle prétend être. Si elle semble insatisfaisante en tant que traité savant, la *Démonologie* peut être lue comme un pamphlet sur le pouvoir absolu et les risques de trahison à l'égard du monarque divin. Dans ce cadre, l'ouvrage s'inscrit dans la trilogie des réflexions du monarque sur son exercice du pouvoir en tant que souverain d'Écosse : *Démonologie*, *The True Law*, et *Basilikon Doron*. Le premier se consacre à l'examen de la trahison, le deuxième est un traité théorique sur la défense de la monarchie de droit divin, et le troisième constitue le pendant pratique au précédent sous forme de manuel destiné à son fils Henri.

C'est pourquoi la présente édition adjoint au texte de la *Démonologie* un autre texte particulièrement important pour en saisir les enjeux et les motivations – *Newes from Scotland* (1591). Ce bref pamphlet fournit tout le contexte des procès des principaux inculpés dans le complot contre le roi. Ce n'est qu'en juxtaposant les deux que le lecteur pourra se faire une idée des allusions incessantes à un contexte que le roi ne nomme jamais, et découvrir peu à peu comment – une fois n'est pas coutume – le politique broie des individus au nom d'une cause supérieure… et forcément juste.

Pierre Kapitaniak *(Université Paris 8)*

---

28. John Swan, *A true and breife report of Mary Glovers vexation*, Londres (?), 1603, p. 58.

29. Richard Bernard, *A Guide to Grand Jury Men*, Londres, 1627, p. 256. En fait, seul Robert Burton retient une distinction qui ne relève pas des moyens de punir et qui divise en deux types les individus qui ont commerce avec le diable : ceux qui semblent le commander (les magiciens) et ceux qui lui obéissent (les sorciers) (*The Anatomy of Melancholy*, Londres, 1621, p. 176).

BIBLIOGRAPHIE
ABRÉVIATIONS
REMERCIEMENTS

Les ouvrages imprimés sur la sorcellerie sont légion. Les catalogues des libraires et le web regorgent de titres, d'articles ou de traités érudits, approximatifs ou farfelus où chacun trouvera ce qu'il désire. Nous nous bornerons donc à citer quelques références pertinentes, dont certaines sont elles-mêmes accompagnées de notes bibliographiques faisant autorité.

಩

OUVRAGES CONCERNANT DIRECTEMENT LES CHASSES ÉCOSSAISES

LEVACK Brian P., *Witch-hunting in Scotland : Law, Politics and Religion*, London, Routledge, 2008.

GOODARE Julian, MARTIN Lauren & MILLER Joyce, *Witchcraft and belief in early modern Scotland*, Basingstoke, Palgrave Macmillan, 2008.

GOODARE Julian (ed.), *The Scottish witch-hunt in context*, Manchester, Manchester University Press, 2002.
(Référence JG dans cet ouvrage).

NORMAND Lawrence et ROBERTS Gareth, *Witchcraft in Early Modern Scotland: James VI's Demonology and the North Berwick Witches*, Exeter, University of Exeter Press, 2000.
(Référence NR).

THOMPSON Edward H., « More *Newes from Scotland* ? the woodblock illustrations of a witchcraft pamphlet », Édimbourg, Society for Autorship, Reading and Publishing, 1995.
(Référence ET).

—, « *Macbeth, King James and the Witches* », Lancaster, 1993.

—, « Bothwell and the North Berwick Witches : A Chronology », 2004,
http://homepages.tesco.net/~eandcthomp/.

LARNER Christina, *Witchcraft and Religion : The Politics of Popular Belief*, Oxford, Basil Blackwell, 1984.

CRAIGIE James (éd.), *Minor Works of James VI and I*, Édimbourg, Scottish Text Society, 1982.

ॐ

OUVRAGES PLUS GÉNÉRAUX SUR LES CHASSES AUX SORCIÈRES À LA RENAISSANCE

ANKARLOO Bengt & HENNINGSEN Gustav (eds.), *Early Modern European Witchcraft: Centres and Peripheries*, Oxford, Clarendon Press, 1990.

BEHRINGER Wolfgang, *Witches and Witch-hunts : a Global History*, Cambridge, Polity Press, 2004.

BRIGGS Robin, *Witches & Neighbours: The Social and Cultural Context of European Witchcraft*, Londres, Harper Collins, 1996.

CLARK Stuart, *Thinking with Demons*, Oxford, Clarendon Press, 1997.

EASLEA Brian, *Science et Philosophie, Une révolution, 1450-1750, La chasse aux sorcières, Descartes, Copernic, Kepler* (Brighton,

The Harvester Press, 1980), traduction française : Paris, Ramsay, 1986.

LAVOCAT Françoise, KAPITANIAK Pierre et CLOSSON Marianne, *Fictions du Diable. Littérature et démonologie de Saint Augustin à Léo Taxil*, Genève, Droz, 2007.

LEVACK Brian P. (ed.), *New Perspectives on Witchcraft, Magic, and Demonology*, London, Routledge, 2001, 6 vols.

PURKISS Diane, *The Witch in History: Early Modern and Twentieth-century Representations*, Londres, Routledge, 1996.

≀▲

AUTRES OUVRAGES GÉNÉRAUX

TAROT Camille, *Le sacré et le symbolique, ou la question de la religion*, Paris, La Découverte, 2008.

OSTRIKER Alicia Suskin, *For the Love of God. The Bible as an Open Book*, Piscataway, Rutgers University Press, 2007.

GARIN Eugenio, *Le Zodiaque de la vie, Polémiques antiastrologiques à la Renaissance* (Rome-Bari, Gius, Laterza & Figli Spa, 1976), traduction française : Paris, Les Belles Lettres, 1991.

≀▲

ET POUR L'HISTOIRE LOCALE VOIR, ENTRE AUTRES :

MILLER James, *The Lamp of Lothian or the History of Haddington*, 1844. En ligne (Google Books).

≀▲

ÉCRITURES

La Bible : traduction de l'École biblique de Jérusalem,
   – traduction de Louis Segond,
   – traduction anglaise : Authorized Version (King James's Bible).

Cruden's Complete Concordance, London, Lutterworth Press, 1951.

Les références bibliques données en notes suivent la codification Cruden, traduite en français :

Dn : *Daniel* ; *Dt* : *Deutéronome* ; *Ex* : *Exode* ; *Gn* : *Genèse* ; *Is* : *Isaïe* ; *Jb* : *Job* ; *Jon* : *Jonas* ; *Jos* : *Josué* ; *Jr* : *Jérémie* ; *Lv* : *Lévitique* ; *Mi* : *Michée* ; *Na* : *Nahum* ; *Nb* : *Nombres* ; *Ps* : *Psaumes* ; *R* : *Rois* ; *S* : *Samuel.*

Jn, Lc, Mc, Mt : *Évangiles.*

Ac : *Actes des Apôtres.*

Ch, Ép, Ga, He, Ro, Th, I *JN,* I *P* : *Épîtres.*

Ap : *Apocalypse.*

METZGER Bruce & COOGAN Michael (eds.), *The Oxford Companion to The Bible*, Oxford, Oxford University Press, 1993.

❧

Tous mes remerciements vont

à Daniel COLLIN, collègue, pour sa relecture critique ;

à Jean-Louis DUMAS, philosophe éminent, confrère et ancien collègue, pour ses recherches ;

à Pierre KAPITANIAK, Maître de Conférences à Paris VIII, pour son accueil, sa vigilance, sa coopération et ses conseils ;

à Édouard MALKA, ancien collègue, pour l'hébreu ;

au Père PORT, bibliothécaire du Centre d'études théologiques de Caen, pour son accueil ;

à Gérard POULOUIN, confrère et collègue, pour les trésors de sa bibliothèque ;

à Nadia RIGAUD, collègue et amie, pour ses remarques et mises au point judicieuses, notamment sur l'astrologie.

NOTE DU TRADUCTEUR

Pourquoi et comment traduire ce monument historique un peu plus de quatre siècles après sa publication ? La question se pose en effet. Procédant comme le Roi Jacques, nous dirons : Primo, parce qu'à notre connaissance cela n'a jamais été fait en français. Secundo, parce que le traducteur invétéré ne peut se résoudre à laisser cette lacune perdurer. Tertio, parce que quatre siècles aussi nous séparent de la naissance de Milton, grand portraitiste d'un Satan héroïque dont l'image inspire encore le vingt-et-unième siècle et ses univers de fantastique, de gothique et de sortilèges, par littérature, jeux et cinéma interposés, et parce qu'il ne faut pas pour autant négliger le Diable de North Berwick dont les nourritures étaient plus terrestres. Quarto, pour rappeler par l'exemple comment la sorcellerie, fruit défendu de l'arbre de la connaissance, a été instrumentalisée par le pouvoir (ET)[1].

Au sortir de temps, dits obscurs, où savoir et pouvoir ne font qu'un, il faut écrire, codifier et interdire à défaut d'éclairer. Un nouvel obscurantisme veut aussi que le dieu unique ne souffre aucune concurrence. *El*, quelles que soient ses appellations, évince Baal, sauf que, pour l'étymologie, c'est toujours le même. Il faut donc distinguer les faiseurs de miracles patentés des charlatans dénoncés. Il est édicté que ces derniers, mages vestiges des religions antérieures, entretiennent le culte du faux dieu. Le diable serait donc venu les enrôler, à moins qu'il ne les possédât depuis l'origine. Cela vaut pour les temps pré-bibliques autant que pour l'actualité européenne.

---

1. Pour les abréviations, voir la bibliographie.

En pleine controverse religieuse née de la Réforme, le Roi Jacques, en proie au doute, n'a d'arguments que ceux qui lui garantissent l'impunité intellectuelle, tirés qu'ils sont des Saintes Écritures, des Pères de l'Église, de la médecine de Galien, ainsi que des démonologues contemporains dont il s'inspire à l'envi afin d'étayer son raisonnement. Pour le reste, il n'est guère convaincant et sa dialectique est bien pauvre. Sauf qu'il a une guerre à mener, comme en témoigne le texte préambule : les *Nouvelles d'Écosse*.

Nos deux premiers arguments sont affaire personnelle et ne valent pas d'être discutés car il n'y a rien à en dire, sauf à en préciser une cause qui pourra intéresser certains : il y a plus d'un quart de siècle, je me suis lié d'amitié avec Pierre Henrion, alors proche du terme d'une vie entière consacrée à l'exploration et à l'explication de ce qu'il considérait comme l'un des plus grands faux mystères de notre temps doublé d'une imposture politique : la paternité des œuvres de Shakespeare et surtout la portée du message caché derrière ce monument célèbre entre tous[2]. C'est lui qui m'a signalé l'existence de cette *Démonologie*, qu'il voulait consulter et dont le seul exemplaire alors disponible en France dormait, disait-il, sur les rayons de la Bibliothèque Universitaire de Caen (l'édition de G.B. Harrison)[3]. Je l'y ai trouvé et lui ai envoyé copie du contenu. Je ne sais ce qu'il en a fait car la mort a bientôt eu raison de ses forces. Lorsque, quelques lustres plus tard, j'ai décidé de m'y plonger, j'ai ressorti le livre et retrouvé en marque-page le talon de ma fiche d'emprunt. Il n'avait pas dû être ouvert entre-temps. C'est à Pierre Henrion que je dédie ce travail.

---

2. Voir notamment *Défense de Will*, publié en 1951, Paris, Librairie d'art ancien et moderne, sous le pseudonyme anagrammatique fort éclairant de F. Bonac-Melvrau.

3. C'est à partir de cette édition qu'a été faite la traduction, rectifiée par la suite après lecture de l'édition modernisée de Normand et Roberts (NR). Voir bibliographie.

Le troisième argument pourrait ouvrir un large débat, dont la raison principale peut se résumer ainsi : serais-tu capable de restituer ce texte en « vieux françois » ? À cette question, je répondrai tout d'abord que ce n'est pas ma spécialité, que cela dépasse donc ma compétence. Ensuite, que je ne suis pas le seul incompétent en la matière, loin de là, et que l'on peut se demander quel public aujourd'hui serait à même ou aurait envie de le lire sous cette forme. Si l'on publie, c'est pour être lu ; sinon, à quoi bon ?

L'objection débouche néanmoins sur des considérations non négligeables. Il y a délectation, pour le spécialiste, à se plonger dans une traduction en langue contemporaine (ou presque) de celle de l'auteur original : je n'en donnerai pour preuve que l'époustouflante traduction des Livres I, II et III de Rabelais faite, un siècle plus tard, en anglais, par Sir Thomas Urquhart. Urquhart y prend tellement de plaisir qu'il en rajoute, ce qui n'est pas un moindre exploit. Mais ce paillard d'Alcofribas Nasier n'était pas Roi d'Écosse. De toute façon, la syntaxe du Roi Jacques est si lourde que cela suffit en matière de couleur locale, si l'on peut dire. Nous l'avons respectée, sauf à moderniser ou adapter une ponctuation qui ne répond plus à nos codes et qui essoufflait outre mesure des raisonnements déjà interminables. À ce propos, il faut signaler aussi le parti pris d'unification et de simplification qui a présidé à notre choix en matière d'emploi des majuscules. Nous avons systématisé et restreint celles-ci à Dieu et à son imitateur et ténébreux rival, le Diable, ainsi qu'à Sa Majesté. Nous n'avons pas gardé les quelques graphies jacobéennes tout majuscules : D I E U, où variaient corps et/ou caractères selon le bon plaisir du Roi ou de son imprimeur. Doublons et répétitions ont été conservés, autant que faire se pouvait ; le décalque pas plus que l'escapade n'étant règle absolue.

La mise en abyme du traducteur est un autre problème. Si l'on jette l'anathème sur la traduction, il lui faut se résoudre à apprendre l'hébreu, le grec et l'araméen pour lire les Écritures et connaître toutes les langues du monde pour lire hors de ses frontières. Dans le cas de la Bible, il faut rappeler que nous travaillons sur du déjà traduit, amplement compilé et reformaté, et que nous ajoutons nécessairement nos imprécisions ou erreurs à celles de nos prédécesseurs, eux-mêmes aux prises avec les différentes lectures possibles des originaux, afin d'arriver à un énoncé. Le statisticien cynique dira que de l'accumulation de mesures erronées sort quand même une certaine approche de la vérité.

Autre problème spécifique : déterminer ce que recouvrent les mots sorcellerie, sorcier, sorcière. En premier lieu, il a fallu trancher : l'anglais d'origine germanique ne connaissant pratiquement plus de féminin à désinence différente du masculin, un mot tel que « witch » peut être rendu aussi bien par « sorcier » que par « sorcière »[4]. Des femmes surtout, mais des hommes aussi ont été victimes de chasses organisées. Nous avons opté pour un masculin générique lorsqu'il nous a semblé que le roi parlait « en général »[5]. De plus, l'anglais a les moyens de jouer sur le doublet saxon/latin « witchcraft/sorcery ».

Au delà, il faut se demander quels mots hébreux ou grecs ont pour équivalent anglais « witch/witchcraft ». Le mot relatif à l'une des plus célèbres références pour sorcier(s)/sorcellerie, est *kashaf/keshafim* (כשף/כשפים) : Dans *Ex* 22:18 cela vaut mise à mort. Le sorcier/la sorcière murmure ses incantations et, par la séduction, cherche exercer un pouvoir sur autrui.

Dans II *R* 9:22 et *Na* 3:4, la sorcière est assimilée à la prostituée sacrée des anciens cultes. Séduction, surnaturel, charme : cherchez la femme.

---

4. « <u>Witch</u> » : vieil anglais *wigle*, divination ; *wig*, idole, image. Vieux norois : *vē* : temple. Associé à « victime ». Du sanscrit *vinakti* : il sépare. <u>Sorcier</u> : du latin *sors*, lot, sort, part, décision par analyse de l'éparpillement de morceaux de bois jetés. Les deux étymologies se rejoignent et nous mènent au taoïsme : dans la pratique du Yi Jing, la divination se fait après lancement de tiges d'achillée (ou de pièces de monnaie).

5. Voir l'argument du Livre Un de la *Démonologie*.

Viennent ensuite les mots 'onen (עונן), qesem (קסם) et ('ov) אוב. 'Onen, Dt 18:10-11, Lv 19:26, renvoie à l'observation des nuages. Dans Mi 5:12, aux activités occultes. Qesem, I S 15:23, à la divination. 'Ov, I S 28 :7, qualifie la femme d'En-dor « maîtresse de l'ov » consultée par Saül et dont le Roi Jacques fait si grand cas. Ce mot désigne celle qui parle à l'esprit des morts, qui a l'esprit python. Une sorte de médium ventriloque. Le truchement par qui un savoir inaccessible peut être atteint et dévoilé. Nous voici devant les trois grands mystères du monde : la connaissance/le pouvoir, la femme, les phénomènes météorologiques (l'univers). L'équation à trois inconnues[6] de la Genèse.

Côté grec, dans Ga 5:20, apparaît le mot φαρμακεία (pharmacie), c'est-à-dire le recours aux poisons (sorcières=empoisonneuses) ou aux hallucinogènes (sorcières=pythonisses). Les divers traducteurs ont jonglé avec les synonymes, aussi bien en français qu'en anglais. Dans le contexte qui est le nôtre, nous avons traduit « witchcraft »[7] par « sorcellerie ».

---

6. Sans compter qu'en hébreu « il y a toujours une autre interprétation », selon Ostriker.

7. La terminologie des Écritures donne, en français, « magicienne » pour l'anglais « witch », à la fois dans la Bible de Segond et dans celle de Jérusalem. Le royal rédacteur de cette démonologie établit une distinction de degré, catégorielle, entre magiciens et sorciers. Si Cruden ne recense que 2 « witch » et 6 « witchcraft(s) » dans la Bible de Jacques, dont un seul pour le Nouveau Testament (Ga 5:20), il mentionne 15 occurrences des mots « sorcerer/sorceress/sorcery », dont 8 pour le Nouveau Testament. Segond traduit par magicien Ac 13:6 ; par enchanteur Ex 7:11 ; par magicien Jr 27: 9, où il voisine avec « dreamers, enchanters, diviners, prophets » rendus par : « prophètes, devins, songeurs, astrologues » ; par « magicien » Dn 2:2 ; par « enchanteur » Ml 3:5 et Ap 21:8 etc. Idem, ou à peu près, dans la traduction Jérusalem. Le Roi n'emploie jamais le mot « soothsayer », pourtant présent dans sa Bible.

Certaines données lexicographiques font de « witchcraft » une affaire de femmes plus spécifiquement que « sorcery ». L'Oxford English Dictionary définit l'un par l'autre, mais pas réciproquement.

De nos jours, si « sorcière », au féminin, reste proche de l'insulte ou du déguisement enfantin, « sorcier », au masculin, ne porte pas à conséquence et

Pour les références bibliques ou autres, nous avons suivi les notes originales corrigées par l'apport NR et complétées à notre manière. Dans quelques cas, le grain de sel a été poussé jusqu'à l'irrévérence que d'aucuns trouveront peut-être mal venue. Affaire de goût. Ce qui paraissait évident ou blasphématoire il y a quatre siècles ne l'est plus aujourd'hui, en milieu non réformé, ou en terrain déchristianisé pour diverses raisons. Nous espérons que cette traduction incitera le lecteur à se replonger dans ces sources premières de notre culture. Les indications bibliographiques le dirigeront, si besoin, vers les pistes à suivre.

Jean Migrenne

---

bat tous les records en librairie. En politique ou ailleurs, on pratique encore couramment la chasse aux sorcières sans distinction de genre. « Enchanteur » nous ramène aux légendes arthuriennes, où il s'associe à « fée ». « Devin, mage et magicien » évoquent les bandes dessinées, jeux de rôles, spectacles de music-hall ou autres Druideries, Tolkienneries ou Harrypotteries. La nécromancie semble avoir disparu du vocabulaire courant. Si les radiesthésistes, rebouteux et autres « j'teux d'sorts » courent encore nos campagnes, semble-t-il, les diseuses de bonne aventure, fussent-elles docteur en Sorbonne, se sont, pour la plupart, réfugiées dans les horoscopes ou petites annonces où elles côtoient le marabout du quartier qui soulage indifféremment hémorroïdes (voir Démonologie, Livre Un, Chapitre VI, note 47), peines de cœur et comptes en banque.

HISTOIRE

IIIᵉ siècle : *Pour Saint Augustin, Père de l'Église, les méchants, qu'ils soient anges ou hommes, ne peuvent être qu'un dessein de Dieu au service des bons et du bien.*

Vᵉ/VIᵉ siècle : *L'Église commence à s'intéresser à la magie et à la sorcellerie. Les conciles d'Agde (506), de Braga (563), de Narbonne (589) punissent la sorcellerie respectivement d'excommunication, d'anathème, de fustigation. Saint Grégoire le Grand, pape en 590, Père de l'Église, précise la mission de celle-ci : sauver les âmes de l'emprise de Malin, maître du monde.*

IXᵉ/Xᵉ siècle : *Canon* Episcopi *: première mention du vol nocturne des sorcières.*

1215 : *Le Concile du Latran décide que « Le Diable et les autres démons ont été créés par Dieu bons par nature, mais ce sont eux qui se sont rendus eux-mêmes mauvais. »*

1231-1233 : *Grégoire IX organise l'Inquisition destinée à combattre l'hérésie dans toute la Chrétienté.*

1257 : *Une bulle d'Alexandre IV lie l'hérésie à la sorcellerie. L'Inquisition peut donc s'y intéresser.*

1269-1272 : *Thomas d'Aquin écrit sa* Summa theologicae.

1326 : *La sorcellerie devient une hérésie.*

1479 : Première exécution en Écosse : the Earl of Mar accusé d'avoir eu recours à la sorcellerie contre son frère le Roi Jacques III (Stuart).

1484 : *Innocent VIII, par la bulle Summis Desiderantes, étend la compétence de l'Inquisition aux affaires de sorcellerie. En nier l'existence relève désormais de l'hérésie. Jacques Sprenger devient Inquisiteur extraordinaire.*

1486 : *Le* Malleus Malificarum *de Sprenger, publié à Strasbourg, codifie la sorcellerie, les interrogatoires et la torture. L'Europe, prise de psychose s'est déjà bâti une légende de rites sataniques. L'Église interdira l'ouvrage dès 1490.*

1520 : *Martin Luther est excommunié.*

1525 : *Henri VIII (Tudor), Roi d'Angleterre, se brouille avec le Pape. Excommunié à son tour, il prend la tête de l'Église d'Angleterre.* Les Stuart, proches du trône dans la ligne de succession, restent catholiques alors que la Réforme gagne le peuple et certains grands du royaume écossais. Marie, mère de Jacques, tente de concilier les deux partis mais doit finalement prendre les armes contre les réformés.

1558 : *Élisabeth I monte sur le trône d'Angleterre et institutionnalise l'anglicanisme.*

1563 : Marie Stuart, fille de Marie de Guise, fait promulguer une loi destinée à combattre la sorcellerie : *Scotland's Witchcraft Act.* Devant des tribunaux civils, les coupables encourent la peine de mort. Élisabeth I en promulgue une identique en Angleterre la même année.

1566 : Naissance de Jacques, fils de Marie Stuart et de Lord Darnley qui est victime d'un attentat en 1567.

1567 : Marie Stuart, veuve de Darnley, abdique et épouse le IVe Comte Bothwell. Celui-ci, déjà cousin, devient donc beau-père du jeune souverain, couronné Jacques VI d'Écosse à l'âge d'un an. Guerres de religion.

1568 : Première grande chasse aux sorcières en Écosse.

1572 : Décès à Édimbourg de John Knox, le grand réformateur, fondateur de l'église presbytérienne, devenue Église d'État. Officiellement aboli dès 1560, le catholicisme a la vie dure aussi bien dans le peuple que chez certains grands. Le Roi n'est pas élevé dans la religion catholique. La nation est divisée à tous les niveaux.

1572 : Première exécution de sorcière attestée (Janet Bowman).

1573/77 : Premières références à Euphame MacCalzean dans des affaires d'empoisonnement, de charmes ou de sorts jetés.

1577 : Deuxième grande chasse.

1578 : Décès de Bothwell, disgracié et destitué. Son neveu, Francis Stuart Hepburn, protestant, récupère le titre. Cousin du roi, il exercera des fonctions de vice-régence pendant l'absence du souverain (1589-1590) parti se marier en Norvège. Le Ve comte, qui a trois ans de plus que le roi, devient un possible rival. C'est de lui dont il s'agit dans ces procès.

1582 : Le jeune roi (16 ans), otage de partisans protestants, s'évade l'année suivante.

1585 : Jacques VI surmonte ses penchants et ses craintes et décide d'assurer sa descendance. Il cherche épouse et se décide pour une fille de Frederick II, roi de Danemark (et Norvège), famille alliée de près aux Stuart.

1582/85/86/87 : Euphame MacCalzean et Agnes Sampson auraient déjà été mêlées à des manigances, selon des témoignages rétroactifs recueillis lors des procès en 1590/91.

1587 : Marie Stuart, après bien des péripéties, finit par se rendre en Angleterre où Élisabeth la fait exécuter. Jacques, âgé de 21 ans, en accord avec l'Église d'Écosse, ne tente rien pour la sauver.

1587 : 15 octobre. Création de la Haute Cour itinérante, compétente en matière de sorcellerie, qui siègera en présence de Sa Majesté.

1588/89 : Guerres de religion. Bothwell, qui sera déclaré traître, s'allie à la faction catholique. L'Invincible Armada échoue lamentablement. Bothwell, emprisonné, se repent publiquement.

1589/90 : Mariage arrangé entre Jacques et la fille cadette du Roi de Danemark (et de Norvège). Célébré *in absentia* au château de Kronborg (Elseneur) au Danemark. L'histoire des épousailles du Roi Jacques avec Anne, protestante, qu'il n'avait vue qu'en effigie, n'est pas simple. Le très mauvais temps empêche le navire de la fiancée d'atteindre l'Écosse. Jacques VI se rend en Norvège. Le mariage est finalement célébré à Oslo, le 23 novembre, puis une seconde fois au Danemark, à Kronborg, le 21 janvier 1590. Le voyage de retour essuie d'autres tempêtes.

1589/90 : La rumeur dit que des sorts ont été jetés au Danemark comme en Écosse en vue de susciter une fortune de mer lors des voyages[1]. La chasse au paganisme menée par l'Église presbytérienne d'Écosse bat son plein. Les sorcières de North Berwick entrent en action. Le bac de Burntisland à Leith sombre dans une tempête en septembre.

---

1. Il se passe toujours quelque chose sur les flots entre le Danemark et les Îles Britanniques, dans un sens ou dans l'autre. Voir *Hamlet*.

1590 : Le 1er mai, le roi (24 ans), absent depuis le 22 octobre 1589, et sa jeune épouse (14 ans) débarquent enfin à Leith.

1590/91 : Troisième grande chasse. En septembre, deux sorcières sont brûlées au Danemark, en rapport avec les tempêtes. Interrogées début décembre, Agnes Sampson et Geillis Duncan avouent leur participation au complot. Rafles autour de North Berwick et dans la capitale. Euphame MacCalzean et Barbara Napier sont impliquées et arrêtées. Le procès Fian s'ouvre fin décembre.

1591 : Bothwell arrêté de nouveau.

1591 : Le procès Sampson s'ouvre le 27 janvier. Elle se reconnaît coupable de 58 chefs d'accusation sur 102 ; mention est faite d'un message du diable relayé par Sampson : « Ceci est le Roi Jacques VI qu'un noble, Francis Comte Bothwell, a ordonné de mettre au feu. » Exécution de Fian, Sampson et MacCalzean. Tous clament leur innocence au pied du bûcher. Première publication des *Newes from Scotland.*

1591 : Mai-juin. Le Roi intente un procès aux jurés qui n'ont pas condamné Barbara Napier.

1591/97 : Instabilité politique et militaire. Naissance des enfants royaux. Excommunication par l'Église d'Écosse, destitution, exil et confiscation des biens de Bothwell.

1596/97 : Le Roi s'oppose aux Presbytériens, met fin à une nouvelle chasse et dissout les tribunaux spéciaux instaurés en 1592. Il révise sa *Démonologie*, commencée en 1591.

1603 : À la mort d'Élisabeth, Jacques VI, toujours Roi d'Écosse, devient Jacques I, Roi d'Angleterre.

1625 : Décès du Roi Jacques.

1661/1662 : Dernière grande chasse aux sorcières en Écosse.

1736 : *Abrogation de la loi de 1563.*

§♣

En 1597 le Roi publie sa *Démonologie* à Édimbourg. Suivent, en 1598 : *The True Lawe of Free Monarchies,* en 1599 : *Basilikon Doron.* Ces textes seront republiés à Londres après son accession au trône d'Angleterre. La *Bible* qui porte son nom est publiée sous son autorité (*Authorized Version*) en 1611.

§♣

Le dernier procès en sorcellerie en Écosse remonte à 1944. Helen Duncan est condamnée pour avoir déclaré qu'elle « pouvait faire se matérialiser des esprits ». Une demande en révision est rejetée en 2002.

Le 31 octobre 2004 (Halloween) une cérémonie se déroule à Prestonpans, au cours de laquelle est proclamé le pardon, à titre posthume, de 81 sorciers et sorcières. Les Baron Courts of Prestoungrange, instance judiciaire qui remonte à 1189, en ont délibéré en date du 27 juillet 2004. Il était grand temps : les droits féodaux allaient être abolis par le nouveau Parlement d'Écosse le 28 novembre 2004. Une cérémonie commémore dorénavant ce pardon chaque année. Le Baron Gordon of Prestoungrange a transmis une requête en confirmation à Sa Majesté Élisabeth II. La procédure officielle était en cours en janvier 2005.

Dans le *Scottish Sunday Express* du 24 octobre 2004, un professeur de l'Université de St. Andrews est cité, qui déclare que « selon toute probabilité » les personnes pardonnées étaient coupables.

Ne faisant pas dans le détail, ou par souci autre, ceux qui ont accordé ce pardon ont mentionné les mêmes personnes sous des graphies différentes. Parmi les personnages qui nous concernent, et autour d'eux, nous trouvons (graphies du document) : Gelie Duncan, John Flan or Flene, Robert Griersoune, Ewfame McCalzean/Euphemia McLean, Wife of George Moitis, Wife Portar of Seaton, Daughters of Agnes Sampsoun, Agnes Sampsoun, Margrett Thomson, Bessie Thomsoune. Pour 1590-91 le nombre de mentions est de 50, incluant les doublons.

Une cuvée spéciale « Absolut Pardon Ale » est brassée pour l'occasion. La ville de Prestonpans noue des liens avec Salem, Massachussetts.

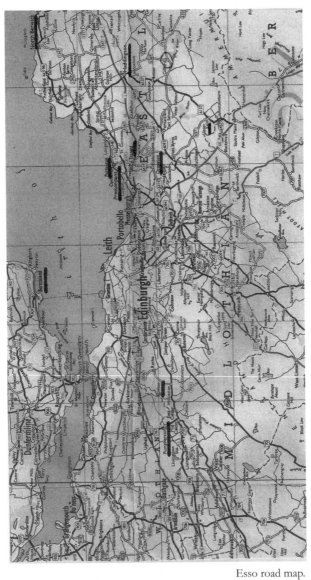

Esso road map.

© *Esso Petroleum Company,*
reproduite avec l'aimable autorisation de l'American Map Company.

Éditions Jérôme Millon

3, place Vaucanson
F-38000 GRENOBLE

www.millon.com

CARTE POSTALE

Si vous souhaitez recevoir régulièrement notre catalogue, merci de remplir ce questionnaire :

Nom . . . . Prénom . . . .

Adresse . . . .

. . . .

Code postal . . . . Ville . . . .

Profession . . . .

Titre de l'ouvrage dans lequel était insérée cette carte

. . . .

. . . .

Nom et ville de votre libraire . . . .

. . . .

Comment avez-vous eu connaissance de ce livre ?
❑ la presse ❑ votre libraire ❑ internet ❑ autre

Domaine d'intérêt
❑ Philosophie – ❑ Religion – ❑ Histoire
❑ Préhistoire – ❑ Autre

Précisions / suggestions . . . .

. . . .

. . . .

Tout notre catalogue en ligne sur internet
www.millon.com
nouveautés, à paraître, extraits, table des matières, salons ....

DU
CONTEXTE
AUX
TEXTES

GÉOGRAPHIE
ET
DISTRIBUTION

Instigateurs, protagonistes et victimes
de cette chasse aux sorcières
replacés dans leur milieu.

ع

LE MICROCOSME SETON

Tout se déroule dans un espace relativement restreint, sur une
ligne presque droite joignant Édimbourg (Holyrood) à
Haddington par (Port)Seton/Prestonpans/Tranent, avec une
pointe poussée à l'est jusqu'à North Berwick (une trentaine de
kilomètres à vol d'oiseau) pour l'excursion du sabbat. Nether
Keith se trouve à huit kilomètres au sud de Tranent. Clifton
Hall à quinze kilomètres à l'ouest d'Édimbourg. La capitale a
la taille d'une sous-préfecture moyenne : une quinzaine de
milliers d'habitants. Les autres lieux ne sont que bourgades,
villages ou hameaux à portée du château local. North
Berwick[1] et Seton possèdent des hauteurs d'où il est possible

---

1. North Berwick Law

de surveiller le trafic maritime et que l'on peut apercevoir d'É-
dimbourg quand le temps le permet.

La famille Seton est l'une des plus grandes familles (De
Seye, d'où Seytun/Setune/Seton = Seyetown) issues de la
conquête normande. Elle descend, selon d'autres, d'un demi-
frère de Mathilde, qui suit Guillaume et s'établit sur les bords
du Firth of Forth. Leur fief y est confirmé par l'une des
toutes premières chartes d'Écosse. Très prolifique, la famille
se scinde rapidement en plusieurs branches et s'allie à toute la
noblesse britannique, qu'elle soit écossaise ou normande. Les
Seton sont, de longue date, alliés aux Hepburn/Bothwell. Il
existe encore aujourd'hui un Chef de Famille. Par quatre fois
ils sont alliés à la famille royale par mariage. Les Seton of
Foulstruther ont toujours des descendants (Earl of
Eglington).

La place de Tranent est donnée aux Seton par Robert de
Bruce, roi d'Écosse, leur beau-frère, au début du XIVᵉ siècle.
Elle abrite, à l'époque qui nous concerne, une branche non
titrée. Un Seton est Gouverneur de Berwick en 1333.
George, Vᵉ Lord Seton, est Maître de la Maison Royale[2]
(fonction familiale quasi héréditaire, comme les Bothwell
sont Amiraux de la Flotte) au retour de Marie Stuart en
Écosse. Son quatrième fils, Alexander Seton, Chancelier
d'Écosse après les procès de 1597, sera élevé en 1605 au
rang d'Earl of Dunfermline. Il fait partie des « octavians »,
Commissaires de l'Échiquier réfractaires, d'obédience
catholique. Il n'est pas chaud partisan de la persécution. Le
même Seton (George), « provost » (maire) d'Édimbourg en
1558-59, abandonne sa charge pour voler au secours de
Marie Stuart et l'héberge à Seton House. Il aurait affirmé sa
foi et sa fidélité sur les murs de son château en y inscrivant
en maints endroits : « Un Dieu, Un Foy, Un Roy, Un Loy ».

---

2. Immortalisé par Walter Scott dans *The Abbott*, 1820.

Un Robert Seton (de Tranent) fait partie du jury réuni pour le procès du Docteur Fian. Le 15 juin 1591, Janet Stratton et Donald Robson témoignent en présence de : Lord Robert, Lord Seton ; Thomas Seton of Northrig and « George Seton his son » ; David Seton in Tranent. The Lord Seton fait partie des 37 jurés désignés pour siéger au procès Bothwell le 10 août 1593. Tranent est sous sa dépendance. Une dizaine de Seton apparaissent dans les différents documents. L'un d'entre eux, John, est Charbonnier de sa Majesté. Louise Yeoman (JG) en fait le frère de David.

Seton House, maintenant détruit, passait pour être le plus beau château d'Écosse. C'est là que Bothwell vient attendre le retour du Roi. Celui-ci y avait récemment séjourné en attendant vainement la venue de sa fiancée. Le château résidentiel tout comme la place de Tranent servent de geôle à de nombreuses sorcières et sorciers qui y sont interrogés. C'est à Seton House/Palace que David Ogilvy, gendre d'Euphame MacCalzean, enregistre la déposition de la prisonnière Janet Stratton qui innocente sa belle-mère menée au bûcher moins de quinze jours plus tôt.

Fief des Seton, l'étroit triangle Orminston, Prestonpans, (Port) Seton, dont Tranent est un peu le centre, doit sa prospérité à ses mines de charbon (combustible utilisé pour les bûchers) et à l'exploitation des salines. Il a plusieurs débouchés maritimes. Seton Palace, siège des Seton of Seton, abrite à plusieurs reprises les amours tumultueuses de la Reine Marie, mère du Roi Jacques. Sans être propriété de la couronne, c'est en quelque sorte un Trianon au cœur du moteur économique de l'Écosse. À Édimbourg, capitale politique et commerciale, les Seton font partie du cercle des courtisans les plus proches et exercent leur part du pouvoir.

Dans la période qui nous intéresse, la famille Seton, d'obédience catholique, résiste aux demandes du grand conseil paroissial (presbytérien) de Haddington, où réside Sir William

Seton. De nombreux Seton resteront catholiques, parfois à leurs dépens, par la suite[3].

&

David SETON

Il y a deux David Seton, comme en atteste la déposition avant exécution de Geillis Duncan qui déclare, le 4 décembre 1591 « avoir été incitée et persuadée par les deux "David Seton in Tranent", ainsi que d'autres. » Un premier indice apparaît dans l'acte d'accusation du Docteur Fian (alinéa 10) où apparaît « David Seton's younger ». Certains commentateurs font de ce dernier le fils du chasseur de sorcières mais NR, qui le définissent ainsi en note : « the younger David Seton », ne se prononcent pas quant au génitif et ne précisent pas le lien de parenté. Le même alinéa cite aussi « David Seton's mother ». Le 4 juillet 1591, Donald Robson, incarcéré au domicile de David Seton aîné « on the east side of the town of Tranent », fait une déposition qui innocente Euphame MacCalzean, à la requête et en présence du gendre de celle-ci, David Ogilvy.

Patron de Tranent, David Seton aîné, « gentleman », exerce les fonctions de « baillie depute » : responsable de l'ordre. Hors du cadre légal, mais fort de son autorité coutumière, il déclenche la chasse aux sorcières de North Berwick en procédant à l'interrogatoire, puis à la torture, de sa servante Geillis Duncan.

---

3. Dans la diaspora Seton il faut noter la présence aux États-Unis de nombreux Seton. L'épouse de l'un d'eux, Elizabeth Ann Bailey, 1774-1821, convertie au catholicisme en 1805, fondatrice des Sœurs de la Charité aux USA, a été canonisée (première sainte née sur le territoire des États-Unis) en 1975. Une quarantaine d'établissements d'enseignement catholiques américains portent son nom, dont deux Universités. La plus ancienne, Seton Hall, a été fondée en 1856 à Orange, New Jersey, par son neveu, l'archevêque James Roosevelt Bailey.

Un David Seton, propriétaire de « the halls of Foulstruther » (aujourd'hui Wolfstar, entre Orminston et Orminston Hall ; il existe un « laird of Orminston ») échappe à un attentat manigancé par neuf sorcières, dont Geillis Duncan et Agnes Sampson. Les dépositions et aveux d'Agnes Sampson en donnent les circonstances précises et détaillent les sortilèges diaboliques utilisés pour lui causer tort. C'est dans les références à cette occasion manquée que l'on trouve, parfois non mentionnée dans les minutes et victime innocente des sorts jetés : « the hind's bairn », ce qui se traduit littéralement par l'enfant du fermier, et dont NR font la fille de Seton lui-même (alinéa 49)[4]. Le 29 janvier 1591, Donald Robson déclare qu'un rival de Seton lui a demandé d'attenter aux biens du dit, moyennant récompense de 50 livres. Il propose à Agnes Sampson de s'en charger. Louise Yeoman (JG) écrit que Seton tue Cockburn « deux ans plus tard. »[5] Il est condamné et ses biens sont confisqués par la couronne en juin 1593. Yeoman (JG) met sur le compte de Seton les accusations lancées contre MacCalzean dont il s'arrange pour faire la patronne du gang des sorcières. Elle suggère que sa situation financière difficile et sa relation familiale avec les riches MacCalzean est la cause de son zèle. De quel Seton s'agit-il ?

Katherine, épouse de David Seton, née Moscrop, est la belle-sœur d'Euphame MacCalzean, elle-même épouse Moscrop.

David Seton, inspirateur d'accusations et manipulateur de jurés (toujours selon Yeoman), mais aussi spadassin, est

---

4. Les aveux d'Agnes Sampson (deuxième jour) ne font état que de « bétail ».

5. Un Cockburn apparaît en tant que « sheriff » de Haddington. Procès Sampson, alinéa 23 : sa femme est désenvoûtée par Sampson. Et aussi dans le procès MacCalzean, alinéa 10, (John) en tant que malteur, toujours à Haddington. Sa fille y aurait été victime de sorts à l'instigation de MacCalzean. En 1579, James Cockburn fait partie d'une délégation officielle envoyée à Édimbourg. Haddington est aussi un fief Seton.

chargé par le Roi, début 1591, de retrouver des sorcières en fuite en Angleterre, parce qu'« il les connaît. »

Nous ajouterons, pour la petite histoire, un autre David Seton, contemporain de notre affaire. Les historiens qui se sont penchés sur l'histoire des Templiers en Écosse leur donnent pour Grand-Maître, vers 1560, Sir James Sandilands, lequel ordonne leur départ. Ils ont à leur tête un David Seton, Grand Prieur d'Écosse. Le seul problème, c'est que l'histoire des Seton, telle qu'elle est mise en ligne, et à laquelle se réfèrent ceux qui l'affirment, ne mentionne aucun David Seton. Il serait à l'origine de la franc-maçonnerie de rite écossais. Au début du siècle dernier, un autre Seton, associé à la maçonnerie, a inspiré le scoutisme de Baden-Powell. Curieusement, par ailleurs, ce cas double celui, contemporain, du seul alchimiste réputé avoir effectivement trouvé la pierre philosophale et transmué du plomb en or comme l'attestent les chroniques : Alexander Seton, censé être décédé en Pologne/Allemagne en 1603. Lui aussi est inconnu des archives officielles.

C'est un Se(y)ton, officier de sa suite, qui vient annoncer à Macbeth, Roi d'Écosse, la mort de la Reine (*Macbeth*, V, v).

༄

BOTHWELL/STUART/DOUGLAS

Les Hepburn/Bothwell sont héréditairement Lord Admiral[6]. James Hepburn, quatrième Comte Bothwell, accusé un temps d'avoir assassiné Henry Stuart, comte Darnley, second mari de la Reine et père putatif de Jacques VI, enlève Marie Stuart et devient son troisième mari le 15 mai 1567. Vaincu quinze jours après par ses ennemis, dont Maitland, Chancelier du Royaume, il est déchu et doit fuir l'Écosse. La Reine s'exile à

---

6. Euphame MacCalzean dit que Grierson est son « admirall ».

Londres. Le jeune Jacques vient de naître. On ne peut pas ne
pas penser à *Hamlet*.

Francis Stuart Hepburn, neveu du précédent, devient cinquième Comte Bothwell en 1577 et s'oppose à Maitland. Suite
à des accusations de sorcellerie, complots, coups de main,
alliances ou trahisons diverses, il sera arrêté, emprisonné, relâ-
ché à plusieurs reprises, jugé, et finalement destitué en 1595. Il
mourra en exil à Naples vers 1612. Par son père, John Stuart,
fils illégitime de Jacques V, et donc demi-frère de Marie Stuart,
le cinquième Comte est, généalogiquement parlant, demi-cousin germain du Roi Jacques VI, dont il est l'aîné de trois ans.

Il épouse en secondes noces Margaret, sœur de David
Archibald Douglas, partisan des presbytériens, qui devient
huitième comte d'Angus en 1557 et décède le 4 août 1588. La
troisième épouse d'Archibald est Lady Jean Lyons. Les
Douglas sont, aussi, intimement liés aux Stuarts : le sixième
Comte d'Angus, second époux de Margaret Tudor, sœur de
Henri VIII, devient par mariage beau-père de Jacques V[7].
Barbara Napier, familière de Lady Lyons, accusée d'avoir
empoisonné le huitième (et dernier pour le moment) comte, est
elle-même épouse d'un Archibald Angus, bourgeois d'Édimbourg, frère de Robert Douglas of Carschogill. Le « laird of
Pumpherston » est un Douglas. On implique dans le meurtre
de Darnley et condamne une dizaine de Douglas, dont deux
sont fils du comte de Morton[8]. Ils sont tous déchus de leurs
biens. L'un des nombreux Archibald réussit à se faire acquitter en appel en 1586. Il regagne la confiance du Roi qui le
délègue à la cour d'Angleterre[9] (procès et exécution de sa
mère, Marie Stuart, 1587). Les inter-mariages dans ce triangle

---

7. Le premier mari de Margaret Tudor était Jacques IV. Margaret Tudor
eut une fille du comte d'Angus. Celle-ci, Margaret Douglas, donna naissance à
Henry Stuart, Comte Darnley. Les Douglas, comme les Stuart sont étroitement liés par le sang à la couronne d'Angleterre.

8. Cet assassin présumé du présumé papa est exécuté en 1581.

9. Voir Bibliographie : Miller, *The Lamp of Lothian* … 1844.

de familles sont très nombreux, tout particulièrement dans les dernières générations. Le monde est petit chez les grands de ce royaume qui se trucident à tout bout de champ, encore que les naissances, majoritairement illégitimes, diminuent peut-être le taux de consanguinité. Les tests ADN n'avaient pas été inventés. L'arbre généalogique officiel devait faire foi.

ža·

Le cas MACCALZEAN

Thomas MacCalzean of Clifton Hall, tient de son père (?) James, qui fait commerce de laine, une propriété à Édimbourg, sur le côté nord de King's Street. Voisine d'une autre où résida en ce temps-là John Knox, fondateur de l'Église presbytérienne d'Écosse, elle est située tout près du « tolbooth », la prison, et à quelques centaines de mètres du palais d'Holyrood[10]. Elle jouxte le « Nor(th) Loch », où Euphame, selon certaine légende non attestée, aurait subi l'épreuve de la culpabilité par flottaison avant d'aller au bûcher. La famille MacCalzean possède des biens, manipule des sommes considérables, est engagée dans de nombreux procès (JG).

ža·

Euphame MACCALZEAN.

Fille et probablement unique héritière en ligne directe de Master Thomas MacCalzean of Cliftonhall, « advocate, Senator of the College of Justice », décédé en 1581. Épouse et belle-fille de magistrats. Son beau-père, John Moscrop est le défenseur de Barbara Napier. Belle-sœur de David Seton,

---

10. Annales de la Société des Antiquaires d'Écosse, 9 janvier 1899.

par la sœur de son mari. Ce dernier, Patrick Moscroft, prend le nom de MacCalzean of Cliftonhall lors du mariage. « A lady of rank », comme la présentent certains, Euphame apparaît dans l'arbre généalogique des Ogilvy, l'une des plus anciennes familles d'Écosse, alliée aux Angus. En 1589, deux ans avant le procès et l'exécution d'Euphame, David Ogilvy of Pitmowis, fils de Lord Ogilvy, épouse en premières noces sa fille aînée, Martha, cohéritière… dont il aura deux filles. L'aînée sera prénommée Euphemia. Une déposition de Janet Stratton fait allusion à une (…..lacune) « servant » to Martha (…..lacune), en relation avec « Effie » (Euphame). Les commentateurs donnent de la grand-mère éponyme l'image d'une catholique associée à Bothwell.

Louise Yeoman (JG) écrit qu'Euphame a été légitimée par son père en 1558. Ceci implique l'absence d'un frère, fait d'elle la seule héritière du domaine et permet de conserver dans la famille le domaine de Cliftonhall (le mari prenant son nom et titre) qui serait revenu à son oncle Henry et à sa petite nièce Lilias, à la vie de laquelle Euphame est accusée d'avoir attenté. Elle pouvait donc avoir une fille de quinze ans en 1573. Tout à fait le bon âge pour la jeter dans le lit de Pumpherston (voir les chefs d'accusation) mais Martha n'a épousé Ogilvy que 16 ans plus tard… Mystère, d'autant plus qu'Euphame accouche encore en 1587 (à quel âge ?), date à laquelle elle aurait reçu d'Agnes Sampson des poudres et autres charmes censés calmer les douleurs de l'accouchement, en même temps que de quoi liquider son beau-père (NR). En quelle année s'est-elle mariée, quel âge a-t-elle réellement ? Personne ne dit quoi que ce soit à ce sujet. Jeune et moins jeune à la fois : on ne peut pas ne pas penser à Gertrude, mère de Hamlet.

En compagnie de John Moscrop, beau-père d'Euphame, David Ogilvy, son gendre, fait partie des « prolocutors » (porte-parole et avocats) lors du procès de sa belle-mère. En compagnie du mari, Patrick, et d'un Archibald Douglas (le

mari de Barbara Napier ?), il recueille les dépositions de
Geillis Duncan et de Bessie Thomson innocentant Euphame.
Le 9 juin 1591, elle doit faire face à 28 chefs d'accusation.
Elle est accusée d'avoir, dès 1573, consulté deux ou trois sor-
cières en vue d'obtenir un retour d'affection après la fuite en
France de son mari causée par le caractère exécrable ou les
besoins inassouvis de sa femme (alinéas 3-6) ; dans les alinéas
12-17, ce n'est pas son beau-père[11] mais Joseph <u>Douglas</u> de
Pumpherston, (Pumpherston est à moins de cinq kilomètres de
Cliftonhall) alors promis à une dénommée Marie Sandelands,
qu'elle voulait soit empoisonner, soit séduire en glissant dans
son lit une de ses filles, utilisée comme appât ; d'être à l'origine
de la paralysie d'un autre homme en 1577 ; d'avoir employé des
linges ensorcelés à diverses reprises ; causé la mort de son
propre neveu, côté Moscrop (alliés aux Seton) ; assisté à des
réunions secrètes ; suscité des naufrages ; comploté contre l'arrivée de la Reine ; mais aussi cherché (sans date) à améliorer la
santé de ses enfants, dont un fils (alinéa 3).

On l'accuse (et elle reconnaît avoir agi par compassion)
d'avoir fait porter de la nourriture à deux détenues au « tolbooth », prison voisine de son domicile, deux ou trois fois par
semaine : « They cry so miserably. » Naufrageuse, mégère,
dévoreuse, maquerelle, empoisonneuse… mais aussi bonne
mère, bon cœur et victime de la malédiction des filles d'Ève.

Il faut noter que dans son cas comme dans celui de Barbara
Napier ce n'est qu'après confrontation suite aux aveux de
Sampson, Duncan, Stratton et Robson que leur nom est asso-
cié aux complots de Prestonpans (Fiery Hills/Acheson's

---

11. Le quarante et unième chef d'accusation retenu contre Agnes
Sampson indique qu'en 1586 elle a fait tenir une poupée de cire à Euphame
MacCalzean qui désirait causer du tort à son « godfather/father-in-
law »/beau-père. Les deux expressions figurent dans la même phrase et désignent un seul et même individu : John Moscrop. Cette rédaction, reprise dans
l'alinéa 19 du procès d'Euphame, contredit les termes des *Nouvelles*, dont le
texte amalgame cette accusation à l'affaire Pumpherston.

Haven) contre le Roi. Leur présence au sabbat de Berwick n'est mentionnée qu'après la relaxe de Napier, début mai 1591. Avant, elles n'apparaissent qu'en tant que clientes, puis intermédiaires d'Agnes Sampson (ET).

Elle est relaxée pour ce qui concerne son mari. Leur comportement durant et après le procès montre, de toute évidence, que ni celui-ci, ni le beau-père (qu'elle aurait voulu assassiner cinq ans auparavant), ni le gendre ne lui en portent rancune. Ont-ils la mémoire courte ou bien ne sont-ils motivés que par la peur de voir les biens confisqués de droit ou le besoin de les récupérer avant que les Seton, ou d'autres, ne mettent la main dessus ?

Il y a autant de confusion quant à ces activités que relativement à la transcription de son nom. Orthographié d'une douzaine de façons différentes dans les transcriptions, ce patronyme n'existe plus aujourd'hui, sauf à déterminer la descendance orthographique des Mccal(*yogh*)ean, s'il y en a une. Il existe un Château Culzean (prononcé cullane) près d'Ayr, sur la côte est de l'Écosse. Le nom, ainsi orthographié, semble avoir alors disparu par manque de descendants mâles. Les données divergent à ce sujet. On identifie un fils, Thomas, décédé assez tôt. L'« Act in favour of the heirs of Euphame MacCalzean ... » rédigé en 1592 fait état de trois héritières, qui sont rétablies dans leurs droits : Martha, Elizabeth et Euphame.

Elle aurait, nous l'avons vu, consulté Agnes Sampson afin de trouver un remède à la douleur lors de la naissance de deux fils. En aucun cas des jumeaux. Ce qui peut expliquer que la vieille sage-femme, pressée de donner des noms, se soit souvenue de sa cliente[12].

---

12. Cette quête va à l'encontre de la volonté divine. Dieu n'a-t-il pas dit à la femme (*Gn* 3:16) « Je multiplierai les peines de tes grossesses, dans la peine tu enfanteras des fils ... » Les féministes américaines s'en sont emparées. Le sujet est traité en 1950 dans le *British Journal of Anaesthesia, vol 22, #3*, pp 176-182.

Le procès dure cinq jours pleins. Euphame MacCalzean a six « prolocutors »[13]. Elle est la seule à être condamnée à être brûlée vive : l'Ancien Testament prévoit effectivement la mise à mort de femmes par ce moyen, mais pas pour sorcellerie. Tamar périt ainsi (*Gn* 38:94) et c'est le châtiment réservé aux filles de prêtres, si elles se prostituent (*Lv* 21:9). Elle sera néanmoins exécutée d'abord par strangulation comme les autres, peut-être un effet de la clémence royale ou de l'impressionnante défense. Brûlée le 25 juin 1591, elle clame son innocence et plaide, en vain, la grossesse. Aucune preuve d'ordalie. Devis de l'exécution en date du 15 juin : £11 7s.

Un « Act of Parliament » lève les accusations de sorcellerie dès le 5 juin 1592. Les biens d'Euphame, confisqués à la suite de sa condamnation, sont alors restitués à condition d'être rachetés au roi par son mari pour la somme de 5000 marks, à l'exception du domaine de Cliftonhall donné à Sir James Sandilands, favori du Roi et co-signataire, avec le Souverain, de la déposition de Janet Kennedy, recueillie en juin 1591.

Bothwell lui-même, lors de son procès en 1593, fait remarquer que tous les documents officiels suivant l'exécution d'Euphame MacCalzean avaient déjà disparu… NR mettent en évidence le fait que l'acte d'accusation, qui traite d'activités de magie, sorcellerie et empoisonnement dirigées d'abord contre des particuliers, représente en fait un glissement vers l'archétype des modalités du crime de haute trahison (crime capital), et d'infraction aux commandements divins. Euphame MacCalzean amplifie et porte plus haut la gamme d'accusations portées contre Agnes Sampson. Si elle n'avait pas existé, il aurait fallu l'inventer. Le parfait bouc émissaire. Brûlez toujours, si vous ne savez pas pourquoi, elles, elles le savent.

❧

---

13. Les femmes n'avaient pas le droit d'ester personnellement.

L'ambassadeur d'Angleterre, Robert Bowes, impliqué dans le complot par Geillis Duncan en janvier 1591, assiste à certains procès qu'il relate en détail dans sa copieuse correspondance.

≈

Le roi, à cette date, est âgé de 25 ans. Arrière-petit-fils de Henri VIII, il sait que le trône d'Angleterre l'attend.

≈

Quiconque porte sur le texte des *Nouvelles d'Écosse* un regard un tant soit peu critique s'aperçoit bien vite qu'il s'agit d'un montage à plusieurs mains et d'une accumulation d'erreurs de transcription, reprises par la suite par les différents auteurs ayant écrit sur le sujet. NB écrivent : « La chronologie des événements (sorcellerie), telle qu'elle ressort de ces documents… tient en grande partie de la conjecture … » Le Dr Julian Goodare du département d'histoire écossaise à l'Université d'Édimbourg écrit : « Il y a tant d'éléments incroyables dans cette affaire qu'elle semble avoir été inventée sous la torture. » Et quiconque fouille les archives locales non directement liées aux procès, maintenant publiées et exploitées en ligne, découvre un tissu de relations serrées (voir plus haut) crevé, tout comme les minutes des procès, de lacunes remarquables. En croisant les dépositions, il apparaît aussi, et assez vite, qu'ont pu être inspirés aux personnes incriminées et torturées, qui ne savaient que dire et pour cause, les détails d'une machination qui commence à s'effondrer rapidement après l'exécution d'Euphame MacCalzean, grâce aux efforts entrepris par ses mari, beau-père et gendre pour la réhabiliter. Le Roi, débouté par son propre tribunal dans l'affaire Napier, se rebiffe, gagne, pardonne aux jurés fautifs, flaire certainement le coup monté et tire la sage conclusion qu'il faut mettre fin à ce genre de procès. Il ne prononcera néanmoins la dissolution du tribunal spécial qu'en 1597 après une seconde vague de procès. Il rédige sa *Démonologie* entre 1591 et 1597.

Aucune mention n'est faite, dans les documents consultables, du détail des tortures subies telles qu'elles sont relatées de façon plutôt sensationnelle dans les *Nouvelles*. L'ambassadeur Bowes écrit : « le Roi fera imprimer les (minutes des) interrogatoires dès qu'ils seront terminés. »

Il faut mentionner aussi les affabulations modernes engendrées par l'exploitation de ces procès à des fins médiatiques (folklore local), commerciales (production et vente de gravures fantaisistes, publicité touristique, « revivals », etc.), les récupérations idéologiques (militantisme féministe), les interprétations fantaisistes dans l'air du temps (New Age), ou religieuses (vision apocalyptique des U.S.A.).

ò.

Les cas ci-dessous seront traités dans l'ordre où ils sont mentionnés, dans les *Nouvelles d'Écosse* : en italique la graphie la plus souvent employée à l'époque, en capitales celle adoptée par NR. Les *Nouvelles* ne mentionnent pas une seule fois le grand sorcier Richard (Ritchie) Graham, associé aux personnages féminins principaux de cette affaire, impliqué dans les mêmes affaires, fréquentant les grandes familles, arrêté dès 1590, jugé à la suite et exécuté fin février 1592. Pas plus qu'elles ne mentionnent Bothwell.

ò.

Geillis Duncane : GEILLIS DUNCAN
Agnis Sampson : AGNES SAMPSON
JOHN CUNNINGHAM, alias Docteur FIAN
GEORGE MOTT's wife
Robert Griersoun : ROBERT GRIERSON
Iennit Bandilandis : JANET BANDILANDS

Ewphame Meeal3ean : EUPHAME MACCALZEAN
Barbara Naper : BARBARA NAPIER
The Porter's wife of Seaton
The Smith at the brigge Hallis.
Agnis Tompson.

Seuls quatre actes d'accusation dressés contre ces personnes nous sont parvenus, auxquels il faut ajouter des minutes d'autres procès dont celui de Bothwell, présentées par NR. Ces actes concernent quatre des cinq principaux protagonistes : John Fian, alias Cunningham, et Agnes Sampson, dont les procès menés tambour battant ne durent qu'une journée, sont du peuple d'en bas ; Barbara Napier et Euphame MacCalzean ont droit à des procès relativement plus longs et plus difficiles. Question de classe et de moyens de défense, évidemment. Nulle trace d'aveux enregistrés pour Fian ; quelques minutes d'interrogatoires de Geillis Duncan, domestique chez David Seton.

Les accusations, visant le petit peuple, touchent très vite la haute société, toute proche de la cour. Le lien activé (vraisemblablement des souvenirs de contacts anciens à propos de remèdes de bonnes femmes) permet de faire classer comme actes de sorcellerie des intrigues nouées sur fond d'intérêt socio-économique ou politico-religieux.

L'explication est facile, peut-être même trop, comme l'est tout recours à la théorie du complot dans bien des affaires d'état d'aujourd'hui ou d'hier à peine. Si, au début, seuls les gens d'en bas participent à l'attentat d'Orminston ou à la réunion de Prestonpans, lorsque l'on avance dans les procès pour en arriver à la relation des sabbats, les noms de Graham, Napier et MacCalzean sont introduits dans les redites. Bothwell est de plus en plus souvent mentionné. De la basse à la haute cour, en quelque sorte.

&

Geillis DUNCAN.

La femme par qui le scandale arrive. Ses activités de guérisseuse perturbent son employeur, David Seton aîné. Elle est
interrogée pour la première fois fin novembre/début
décembre 1590. Même date pour Agnes Sampson qu'elle met
en cause (équipées en mer, baptême du chat, lettre portée
écrite par Fian, sabbat, etc.).

Contrairement à ce que dit d'elle le rédacteur des *Nouvelles*
qui en fait une guérisseuse affairée, le dossier ne contient
guère de références à ce genre d'activités. Elle commence,
curieusement, par mentionner une femme de Copenhague
puis, comme les autres personnes arrêtées, elle reconnaît une
visite à North Berwick et le branle mené autour de l'église.
Elle ne semble pas comprendre grand chose à ce moment-là,
sauf que le Diable ne l'a pas enrichie (pour ses activités de
naufrageuse).

Les 4/5 décembre Agnes Sampson, maintenant interrogée
à Holyrood, déclare ne pas la connaître puis revient sur cette
dénégation.

Le 4 décembre 1591, avant son exécution en compagnie de
Bessie Thomson, elle déclare que ni Euphame MacCalzean, ni
Barbara Napier n'étaient, à sa connaissance, coupables ni de
sorcellerie, ni de complot contre le Roi. Patrick MacCalzean,
David Ogilvy et Archibald Douglas recueillent la déposition.
Elle ajoute, « en son âme et conscience », qu'elle a dénoncé
Euphame et Barbara Napier à l'instigation (ou sous la tor-
ture ?) des « deux David Seton in Tranent and others. »

❧

Agnes SAMPSON.

Parfois prénommée Annie, ou Amy. Personnage central autour de qui gravite, ou de qui découle, tout ce petit monde. Aujourd'hui figure emblématique de la sorcellerie dans le monde anglo-saxon. Une émission de télévision : *Witchcraze* lui a été consacrée le 29 janvier 2003, sur BBC 2.

Cette femme du peuple, résidant hors de la capitale, est présentée comme étant « la plus âgée/la guérisseuse. » Personnage central des premiers interrogatoires, elle est impliquée dans tous les coups. Veuve dans le besoin et chargée de famille, elle habite Haddington selon notre auteur, ou Nether Keith selon tous les témoignages, tout près du château de Keith Marischal. (Le cinquième earl Marischal of Keith représente le Roi au Danemark, lors du mariage par procuration. Le bois de charpente de son château lui aurait été donné par le roi de Danemark lui-même. En 1678 un procès en sorcellerie se tient dans la chapelle de ce château).

Très active, elle exerce dans toute la région et tous les milieux. Désenvoûteuse expérimentée, elle fait commerce de charmes et philtres, elle touche aussi le bétail, fait fonction de sage-femme. Sage : proche des mystères de la vie et de la mort, si étroitement liées à l'époque dans ces circonstances ; détentrice d'un savoir/pouvoir empirique que d'aucuns, religieux zélés et misogynes, pouvaient considérer comme leur faisant de l'ombre. Femme : fille d'Ève, proche de la Grande Prostituée ; damnée, condamnée d'avance[14].

Déjà inquiétée dans d'autres affaires en cours ou accusée d'activités similaires bien avant d'être mise en cause par Geillis Duncan dans l'attentat manqué d'Orminston Bridge. Spécialiste des charmes par figurine de cire interposée, devant causer la mort d'Angus, de Moscrop père, du Roi.

---

14. Rappelons néanmoins que si Pharaon avait enjoint aux sages-femmes de donner la mort, Dieu leur a su gré de désobéir : *Ex* 1:15-21.

Dans une déposition, datée de juin 1591, une certaine Janet Kennedy, exfiltrée d'Angleterre pour la cause, déclare avoir rencontré le Diable <u>une trentaine d'années auparavant</u> et avoir été contactée par Agnes Sampson désireuse d'obtenir ses pouvoirs. Transmission des dons.

Aurait accusé Euphame MacCalzean d'avoir comploté avec Barbara Napier, Graham et Bothwell.

Réputée catholique. D'abord emprisonnée à Haddington. Transférée à Édimbourg. Exécutée et brûlée. Facture de l'exécution, en date du 16 janvier 1591 : £6 8s 10d.

Confusion de patronymes du fait des différents copistes et auteurs des *Nouvelles d'Écosse*.

ࢠ

Le Docteur FIAN.

Domicilié à Prestonpans. A résidé à Tranent.

Apparaît dans les aveux d'Agnes Sampson sous les noms de Johne Sibbet, alias Cunninghame ; de John Feane, alias Cunningham, schoolmaster of Saltpreston. NR, analysant son acte d'accusation, en déduisent qu'il était plutôt inspiré par la Réforme et lui attribuent une culture littéraire et religieuse certaine. D'où l'habit noir, repéré aussi sur les bois gravés.

Son procès commence en novembre/décembre 1590. Vingt chefs d'accusation font de lui un incendiaire par vengeance, un suppôt de Satan, qui lui apparaît alors qu'il est au lit (où on le retrouve souvent et d'où il part pour des voyages extraordinaires), un chaud lapin (il avoue avoir connu trente-deux femmes, mais rien de la farce grotesque qui le ridiculise dans les *Nouvelles*), un participant aux sabbats et autres joyeuses équipées, un attrapeur de chats bondissant, un ouvreur de serrures et allumeur de flambeaux en soufflant dessus, un truchement satanique, un cavalier porte-flambeau, un magicien, un sorcier, etc.

Secrétaire et bras gauche du diable. Rédacteur, en tant que
« clerk to their assemblies », des mots de billet. Aucun titre de
Docteur n'est justifié. L'appellation est du ressort de la coutume.

Avoue sous la torture. Nie toute culpabilité. Exécuté. Brûlé
fin janvier 1591. Devis de son exécution : £5 18s 2d.

৵

George MOTT's wife.

Margaret Acheson, de Prestonpans. On ne sait rien d'elle.
Sauf que c'est en sa présence, chez elle (NR) ou, mieux, dans
son fournil ? (back house/bakehouse), qu'aurait eu lieu la
rédaction par John Fian, en présence d'une douzaine d'autres
dont Geillis Duncan, d'une lettre demandant la mobilisation
des sorciers et sorcières pour déclencher la première tempête
afin d'empêcher l'arrivée de la future Reine. Le baptême du
chat a lieu une semaine après. Sa présence au sabbat de North
Berwick est mentionnée.

৵

Robert GRIERSON.

Ce batelier est cité par Sampson comme participant au sabbat
et à la réunion préparatoire. Il embarque une joyeuse bande
près de chez lui à Prestonpans selon Fian, de North Berwick
selon Sampson, il reçoit mission, par Fian interposé, de jeter
un chat à la mer et de faire sombrer un bateau corps et biens ;
lors du sabbat de North Berwick, il est appelé par son nom
par le Diable à la stupéfaction des participants qui s'atten-
daient à entendre ses surnoms : « Rob the Rower », tout à fait
approprié, et « Rob the Comptroller », puisqu'il aurait pu faire
l'appel à la place du Diable. Donald Robson dépose que, dans

l'église, Grierson reproche au Diable, à l'instigation d'Euphame MacCalzean, dont il est dit être l'« admirall »[15] et « masterman », de n'avoir pas amené l'effigie du Roi.

Meurt en prison des suites des tortures subies, le 15 avril 1591. Une Isobel Grierson, de Prestonpans, sera exécutée en mars 1607.

❧

Janet BANDELANDS.

Totalement inconnue. Sept autres Janet sont répertoriées parmi les comparses jugées. Sandilands est le nom porté par des personnages socialement influents mais accessoires. Confusion peut-être avec Janet Stratton, co-accusée en compagnie de Geillis Duncan et personnage majeur de ces procès.

❧

Euphame MACCALZEAN.

Voir plus haut « Le cas MacCalzean »

❧

The SMITH.

Inconnu. La présence d'une Bessie Brown, de Prestonpans, « femme de forgeron » selon qu'il y a virgule ou pas, est mentionnée au sabbat. Rien n'est dit sur un lieu de résidence à Édimbourg. La localisation d'un marché du Pont (NR) reste incertaine. Waverley ? Grassmarket ? High Street ? où quinze

---

15. Bothwell est Amiral du Royaume.

marchés étaient recensés en 1477. Ne faudrait-il pas plutôt chercher du côté de Tranent car, dans cette affaire, le petit peuple, à l'exception des domestiques des dames d'Édimbourg, est rural sans exception ? Mais s'agit-il bien d'un marché ? De nombreux toponymes autour de Tranent incluent le mot « hall/Hall » (château, résidence d'un petit noble). Il pourrait s'agir des « halls of Foulstruther », près d'Orminston. C'est sur le pont d'Orminston qu'a eu lieu l'attentat manqué contre un David Seton.

≥≈

Barbara NAPIER.

Épouse d'Archibald Douglas, bourgeois d'Édimbourg. Archibald Douglas est aussi le nom des Comtes d'Angus[16]. Est mentionnée pour la première fois par Agnes Sampson qu'elle aurait consultée en vue d'obtenir un remède pour Lady Lyons (Angus) et un charme (poupée de cire) afin de protéger son mari probablement contre un certain Archie (Archibald, earl of Angus ?) qui en serait mort.

Accusée par Janet Stratton et Donald Robson d'avoir assisté à la réunion d'Acheson's Haven où Richie Graham déclare avoir comploté avec elle. Les noms du Roi, de Bothwell, du Diable sont évoqués. Euphame MacCalzean, également impliquée, mentionne son nom. Elle nie en bloc et systématiquement.

Épaulée par cinq « prolocutors » lors de son procès, dont trois Napier et John Moscrop. Font partie du tribunal, le 8 mai 1591, 14 jurés dont deux Seton : David Seton in Foulstruther et John, le Charbonnier du Roi.

Reconnue coupable d'avoir consulté Agnes Sampson pour guérir Lady Angus (Jane Lyons) et obtenir de l'argent d'elle,

_____

16. Voir plus haut, page 49.

consulté Ritchie Graham, tenté de faire avorter une loi contre le recours aux sorciers. Relaxée des chefs de trahison et de sorcellerie, de complot avec Sampson en vue de causer la mort du Comte d'Angus, de participation aux sabbats régicides.

Le roi annule cette relaxe par lettre de cachet le 10 mai 1591. Le dossier est vide, mais Barbara Napier est condamnée à mort. Elle plaide la grossesse. L'exécution est reportée. Le 7 juin 1591 s'ouvre, en présence du Roi et de son Conseil, le procès pour « Wilful Error » (contravention aux lois du royaume faisant de ces actes des crimes majeurs) des douze jurés qui l'ont acquittée, à l'exception des deux Seton. Les douze sont condamnés pour n'avoir pas considéré selon la loi la gravité des sabbats où elle fait, en compagnie de Sampson, Duncan, Fian, Graham et MacCalzean, partie de tous ceux qui projettent d'attenter à la vie du Roi. Ceci ressort de dépositions tardives signées par Graham et Duncan, lesquelles ne sont que systématisation et concentration de tous les témoignages et actes d'accusation précédents concernant la personne du souverain. Le Roi entend l'argument des jurés qui plaident la bonne foi et ne prend aucune sanction.

ॐ

The PORTER's wife.

On ne sait rien d'elle. Apparaît une fois dans le procès des jurés (affaire Napier) et sous l'appellation « Wife of the Portaris of Seytoun » dans une liste de procès. Il n'y a normalement de portier qu'au château Seton. L'acte d'accusation d'Agnès Sampson mentionne la femme du forgeron, celle de John Ramsay, celle de Thomas Burnhill et celle du tailleur irlandais (c'est à dire qui parle gaélique). La confusion est peut-être le fait d'une mauvaise lecture/transcription pour « wobsteris wife » : femme de tisserand. Elle fait partie du premier lot des joyeuses commères chez qui fut baptisé l'un des chats (acte d'accusation Sampson, alinéa 40).

≥♠

Agnes TOMPSON.

N'existe pas. Nom substitué par erreur de copiste à celui d'Agnes Sampson. Bessie Thomson est une autre sorcière, bien distincte. Une Margaret Thompson de Prestonpans figure dans une liste de procès.

Nouvelles d'Écosse
dévoilant la vie et la fin maudites du
Docteur Fian, sorcier notoire, qui périt au bûcher
à Édimbourg en janvier de cette année
1591.

Lequel Docteur servait de clerc au Diable
qui prêcha plusieurs fois dans l'église de North Ber-
wick devant un grand nombre
de sorcières notoires.

Comprenant le fidèle enregistrement des dépositions
des dits Docteur et sorcières tels qu'elles
ont été faites en présence du Roi d'Écosse.

Où l'on découvre comment elles ont tenté de
jeter un sort afin que Sa Majesté se noie
au cours de son retour du Danemark, le tout
augmenté d'éléments extraordinaires dont nul
n'avait jamais entendu l'équivalent.

Publié d'après le procès-verbal écossais.

À LONDRES

Imprimé pour William
Wright

ֆ

Au lecteur

Les multiples rumeurs qui courent les rues à propos des détestables agissements et de l'arrestation de ces sorcières dont traite fidèlement le récit qui suit m'ont incité à l'imprimer et le publier, et ce d'autant plus que plusieurs exemplaires manuscrits, circulant depuis peu, relatent comment les dites sorcières furent démasquées grâce à un pauvre colporteur qui se rendait au bourg de Tranent ; comment, de façon extraordinaire, il fut transporté dans l'instant de minuit d'Écosse en France (lieux distants de façon non négligeable) où il se retrouva dans les chais d'un négociant de Bordeaux ; comment, après avoir été renvoyé de là-bas en Écosse par les soins de certains marchands au service de Sa Majesté le Roi, il démasqua ces sorcières et fut à l'origine de leur arrestation. Le tout accompagné de maintes manifestations miraculeuses et incroyables lesquelles, en vérité, sont totalement fausses[1]. Néanmoins, pour satisfaire de nombreux esprits honnêtes qui désirent être informés de l'exacte teneur de leurs aveux, lesquels sont, si l'on s'en tient aux faits, plus étranges que ne le laissent entendre les bruits qui courent, c'est par souci de plus grande vérité que j'ai entrepris de publier ce bref traité exposant la réalité de tout ce qui s'est passé ainsi que de tout ce qui fut tenté par ces maudites et exécrables sorcières pour nuire à Sa Majesté le Roi, ainsi que les moyens qu'elles mirent en œuvre pour arriver à leurs fins.

*La totalité de ces dépositions (cher lecteur) ici fidèlement publiées[2]
par mes soins dans l'état où elles ont été consignées
et prononcées en présence de Sa Majesté
le Roi, je te prie de la prendre pour
vraie et prouvée sans
conteste.*

---

1. Déplacement instantané par voie aérienne, selon Normand/Roberts (NR). Aucune mention dans les *Nouvelles* proprement dites, où tout procède de Geillis Duncan.

2. Les précautions rhétoriques prises par l'un des rédacteurs, probablement James Carmichael, de Haddington, homme d'église presbytérien et érudit, ainsi que les affabulations manifestes, le détail des minutes et autres documents relatifs à ce procès révèlent une dose certaine de manipulation.

Relation fidèle[1a]
de l'arrestation de plusieurs sorciers et sorcières
récemment opérée en Écosse, de l'exécution
de certains, tandis que d'autres sont
encore sous les verrous.

Suivie du compte rendu détaillé[1b]
de leurs dépositions
en présence de Sa Majesté
le Roi[2].

Dieu, dans sa toute-puissance, de tous temps et quotidiennement, a toujours manifesté et manifeste tant de soin et de vigilance lorsqu'il y va du bien et de la préservation des siens, qu'il
a déjoué ipso facto les pratiques maléfiques et autres mauvais
desseins de tous ceux qui, par quelque moyen que ce soit, tentent indirectement de conspirer contre sa sainte volonté. Et,
de par le même pouvoir, il vient de jeter à bas et contrecarrer
les intentions et agissements diaboliques d'un grand nombre
de créatures impies qui ne valent pas mieux que les démons ;
qui se sont laissé séduire et manipuler par le Diable qu'elles
servaient et avec qui elles avaient conclu un pacte secret ; qui
se sont adonnées à l'art détestable de la sorcellerie qu'elles ont
étudié et pratiqué si longtemps que leurs agissements ont fini

---

1a, 1b. Sur la fidélité de cette relation, il y a beaucoup à dire. ET dit que
cette page est directement imitée de l'intitulé d'un texte similaire qui circule à
Londres dès 1590. Il ajoute que ce n'est qu'une « fairly nasty combination of
propaganda and pornography. »

2. Jacques VI Stuart/Jacques I : 1566-1625.

par amener un grand nombre d'autres à devenir aussi perverses qu'elles, toutes demeurant sur les terres du Lothian[3], principal comté ou région de l'Écosse où Sa Majesté le Roi a élu principal domicile ou résidence : et ce dans le but que l'exécrable perversité qu'elles avaient exercée en secret contre sa Majesté le Roi et le peuple de ce pays, nobles et sujets confondus, soit mise en lumière. Dieu, dans son indicible bonté, a révélé et mis à jour de façon très étrange, afin de les porter à la connaissance du monde par cette entremise, l'existence de ces agissements contraires à la loi divine ainsi que l'affection naturelle que nous devons tous avoir pour notre prochain. Voici le détail de cette révélation.

Dans le bourg de Tranent[4], au Royaume d'Écosse, habite un dénommé David Seton qui, en sa qualité de bailli du dit bourg, avait une servante du nom de Geillis Duncan, laquelle avait coutume de s'absenter secrètement de la maison de son maître et de découcher une nuit sur deux. Cette Geillis Duncan s'employait à aider tous ceux qu'accablait ou faisait souffrir toute sorte de maladie ou d'infirmité. En peu de temps elle accomplit un bon nombre d'actes fort miraculeux et ces guérisons, d'autant plus qu'elle s'était mise à les accomplir soudainement, ne les ayant jamais pratiquées auparavant, firent que son maître et beaucoup d'autres en furent saisis d'un grand étonnement et fort surpris. Il en résulta que le dit David Seton soupçonna sa servante de ne pas agir par les voies licites et naturelles mais, au contraire, d'utiliser des moyens extraordinaires et illicites.

Le maître en vint à se poser bien des questions et entreprit de l'interroger sur sa façon et les moyens qu'elle avait d'accomplir des choses d'une telle ampleur. Elle ne lui fournit aucune réponse et le maître, afin de n'en découvrir que mieux la vérité en la matière la soumit, avec l'aide d'autres, à la ques-

---

3. Aujourd'hui East Lothian.
4. À une quinzaine de kilomètres du centre d'Édimbourg, vers l'est.

tion. Ils lui appliquèrent les poucettes, torture extrêmement douloureuse, et lui serrèrent et tordirent une corde autour de la tête, autre torture très cruelle. Voyant qu'elle ne voulait rien avouer, ils se dirent qu'elle avait été marquée par le Diable (comme le sont habituellement les sorcières) et l'examinèrent avec soin : le stigmate de l'ennemi fut découvert sur le devant de son cou. Ceci une fois découvert, elle avoua que tout ce qu'elle faisait l'était à l'instigation maligne du Diable qui l'avait séduite, et par sorcellerie.

Après avoir ainsi avoué, elle fut jetée en prison où elle séjourna quelque temps et mit bien vite en cause des personnes dont les noms suivent. Accusés de sorcellerie notoire, furent immédiatement arrêtés les uns après les autres, les dénommés Agnes Sampson, la plus âgée de tous, qui habitait à Haddington, Agnes Tompson d'Édimbourg[5], et le Docteur[6] Fian, alias John Cunningham, maître d'école aux Saltpans dans le comté de Lothian[7], à propos de la vie et des étranges agissements duquel vous allez en savoir beaucoup plus à la fin de ce récit. Furent en même temps accusés par la même Geillis Duncan : la femme de George Mott, des Saltpans, Robert Grierson, batelier, Janet Bandilands, tout comme l'épouse du portier de Seton, le forgeron de Brigg Halls et un grand nombre d'autres de ces environs ou habitant les lieux déjà mentionnés. Certains ont été exécutés, d'autres sont toujours incarcérés dans l'attente du jugement que prononcera Sa Majesté le Roi selon son bon plaisir.

La dite Geillis Duncan provoqua aussi l'arrestation d'Euphame MacCalzean, laquelle avait ourdi et provoqué la mort de son beau-père et avait exercé son art sur l'un des sei-

---

5. Il s'agit en fait d'Agnes Sampson, suite à une erreur de transcription anglaise. Lire l'entame des paragraphes 6, 7 et 10.

6. Maître d'école, d'où le titre. Éventuellement Docteur ès Lettres, ou en Théologie, sûrement pas en Médecine.

7. Aujourd'hui Prestonpans, tout près de Tranent. Ainsi nommé à cause de salines longtemps en exploitation.

gneurs juges des Assises qui s'était intéressé à sa fille[8]. Elle fit aussi arrêter Barbara Napier pour avoir jeté un sort mortel sur Archibald, dernier comte d'Angus[9], qui agonisa après avoir été ensorcelé sans que l'on s'en doute et mourut d'un mal si étrange que le médecin ne sut ni le soigner ni y trouver remède. De toutes les autres sorcières, les deux dernières citées, avant leur arrestation, étaient réputées être d'aussi bonne compagnie et aussi honnêtes que toute dame d'Édimbourg[10]. Beaucoup d'autres personnes arrêtées, originaires de Leith[11], sont toujours sous les verrous dans l'attente de la décision et du bon plaisir du Roi. Vous en saurez davantage sur leurs pratiques maléfiques dans ce qui suit.

La ci-devant nommée Agnes Sampson, la plus âgée des sorcières, fut arrêtée et amenée à comparaître devant Sa Majesté le Roi et nombre d'autres grands seigneurs d'Écosse au palais d'Holyrood où elle fut soumise à un interrogatoire serré sans que toutes les persuasions dont Sa Majesté le Roi en son Conseil usa envers elle ne provoquent ou n'amènent le moindre aveu de sa part. Au contraire, elle s'obstina à nier toutes les charges pesant sur elle. Ce sur quoi ils la firent jeter en prison pour qu'elle y subisse la question sous les formes récemment édictées à l'encontre des sorciers et sorcières d'Écosse.

Et conséquemment, comme après due investigation des cas de sorcellerie relevés dans ce pays ainsi que de ceux qui les commettent il est récemment apparu que le Diable leur imprime généralement une marque secrète, il ressort des aveux des sorcières elles-mêmes que le Diable leur passe la langue en quelque endroit intime du corps avant de les admettre au nombre de ses

---

8. Confusion totale. Voir DISTRIBUTION ET GÉOGRAPHIE : le cas MacCalzean.

9. Qui décéda de maladie non identifiée en 1588. Voir DISTRIBUTION ET GÉOGRAPHIE : Napier.

10. C'étaient là, en effet, deux personnes de la haute société.

11. Aujourd'hui zone portuaire d'Édimbourg.

suppôts. Laquelle marque étant souvent dissimulée sous les poils en quelque partie du corps, ne se découvre ou ne se voit pas facilement, en dépit de l'examen qu'elles subissent. En règle générale, tant que cette marque n'est pas découverte par ceux qui la recherchent, celles qui la portent refusent d'avouer. C'est donc par réquisition expresse que cette Agnes Sampson fut entièrement rasée, en toute partie de son corps, et que sa tête fut serrée avec la corde comme il est d'usage là-bas, torture fort douloureuse qu'elle subit pendant presque une heure pendant laquelle elle n'avoua rien tant que la marque du Diable ne fut point découverte sur ses parties génitales. Elle passa alors immédiatement aux aveux et reconnut tout ce qui lui fut demandé, certifiant que les susdites personnes étaient des sorciers et sorcières notoires.

À savoir aussi que la dite Agnes Tompson[12], traînée une seconde fois devant sa Majesté le Roi et son Conseil, et interrogée à propos des réunions et détestables pratiques de ces sorcières, avoua que dans la dernière nuit avant la fête de Tous les Saints et en compagnie des susdites ainsi que de beaucoup d'autres sorcières et sorciers au nombre de deux centaines, ces personnes se rendirent ensemble par mer, chacune sur son sas ou van[13], fort abondamment pourvues de flacons de vin et festoyant en chemin sur leur van ou sas, jusqu'à l'église de North Berwick[14] dans le Comté de Lothian[15]. Après avoir

---

12. Voir notes biographiques.

13. Les minutes des procès mentionnent des embarcations « boats » ordinaires ou extraordinaires pour le voyage par mer, ou des montures, parfois volantes, pour le voyage terrestre. C'est dans les *Nouvelles* que ce moyen de transport est évoqué pour la première fois. Shakespeare a dû s'en inspirer, qui fait voyager une sorcière dans une passoire. Voir ET : *Macbeth, King James and the witches.*

14. À une trentaine de kilomètres à l'est, sur la côte. Dans *Macbeth* I iii et IV i, les sorcières déclenchent les tempêtes (même autour des églises), dansent et chantent (ET).

15. C'est le premier exemple de sabbat recensé en Écosse (ET).

accosté, elles firent la ronde sur la terre et dansèrent le branle ou brève danse, tout en chantant d'une seule voix :

« Commer goe ye before, commer goe ye,
Gif ye will not goe before, commer let me. »[16]

Elle avoua alors que cette Geillis Duncan mena le branle en jouant l'air sur un petit instrument, nommé guimbarde, jusqu'à leur entrée dans l'église de North Berwick. Ces aveux emplirent le Roi d'un si grand étonnement qu'il fit mander la dite Geillis Duncan qui joua le dit air sur ce même instrument devant Sa Majesté le Roi lequel, eu égard à l'étrangeté de ces faits, se plut fort à être présent lors de l'interrogatoire.

À savoir aussi que la dite Agnes Tompson avoua la présence du Diable dans l'église de North Berwick où il assista à leur arrivée sous la forme ou l'aspect d'un homme. Voyant qu'elles tardaient par trop, il leur enjoignit dès leur arrivée de faire pénitence et de lui baiser le postérieur en signe d'obligation à son égard. Pour ce faire il l'exposa en chaire où tout le monde fit ce qu'il avait ordonné puis, après ses exhortations impies au cours desquelles il s'en prit violemment au Roi d'Écosse, il leur fit prêter serment de bons et loyaux services et prit congé. Ceci fait, elles reprirent la mer et rentrèrent chez elles. C'est à ce moment-là que les sorcières, ayant demandé au Diable pourquoi il haïssait tant le Roi, s'entendirent répondre que c'était parce que le Roi était le plus grand ennemi qu'il avait au monde, ce dont témoignent encore à ce jour tous leurs aveux et toutes leurs dépositions[17]. À savoir

---

16. « Commère passe devant, commère passe donc / Si tu ne veux pas passer devant, commère je passerai donc. » La strophe n'est pas complète.

17. Le Docteur Fian (ou Agnes Sampson) aurait révélé qu'il s'agissait de Francis Stuart, cinquième earl Bothwell, qui aurait demandé que l'on psalmodie sur une effigie du Roi modelée dans la cire : « This is Jaimie the Saxth, orderit tae be consumed be a noble man / Ceci est Jacques VI, un noble ordonne qu'il soit consumed. » Cette manœuvre politique, greffée, début 1591, sur le procès en sorcellerie proprement-dit, a été attribuée au Chancelier Maitland.

aussi que la dite Agnes Tompson avoua devant Sa Majesté le Roi plusieurs choses si miraculeuses et si étranges que Sa Majesté en déclara que ce n'étaient que fieffés mensonges. Ce à quoi elle répondit que son désir n'étant pas que Sa Majesté croie que ses paroles étaient fausses mais que, voulant que le Roi la croie, elle allait lui faire des révélations qui ôteraient à Sa Majesté toute espèce de doute. Attirant alors Sa Majesté un peu à l'écart, elle lui répéta les paroles mêmes échangées entre Sa Majesté le Roi et son épouse la Reine à Oslo en Norvège lors de leur nuit de noces, ainsi que les réponses suscitées. Le roi en fut extrêmement étonné et jura par le Dieu vivant qu'il croyait que tous les démons de l'enfer n'auraient pu en révéler autant. Il reconnut la véracité de ses propos et accorda donc d'autant plus de crédit aux déclarations précédentes[18].

Il faut dire que cette Agnes Tompson est la seule femme que le Diable aurait pu persuader de concevoir et de mettre à exécution la mort du Roi de cette façon. Elle avoua avoir pris un crapaud noir et l'avoir suspendu par les talons pendant trois jours pour en recueillir dans une coquille d'huître le venin qui coulait et tombait de lui ; avoir gardé ce venin bien recouvert jusqu'à ce qu'elle se procure un linge déjà porté ayant appartenu à Sa Majesté le Roi, chemise, mouchoir, foulard ou autre, par l'entremise d'un certain John Kers, valet de chambre de Sa Majesté, lequel, puisque c'était une vieille connaissance, pouvait lui procurer un tel vêtement ou morceau du dit. Le dit John Kers refusa de le lui fournir, arguant qu'il ne pouvait mettre une telle chose à sa disposition. La dite Agnes Tompson déposa, suite à son arrestation, que si elle avait pu obtenir un linge ayant été porté et utilisé par le Roi, elle lui aurait jeté un sort mortel et lui aurait infligé de telles

---

18. La déposition du 5 décembre après-midi mentionne aussi un complot ourdi (par les presbytériens ?) contre le Roi : «... He (John Fian) said to her that the ministers would destroy the King and all Scotland, but if he would use his counsel he should destroy them. » Les *Nouvelles* n'y font pas allusion.

souffrances qu'il se serait cru sur un lit d'épines acérées ou de pointes d'aiguilles.

Elle avoua, de plus, qu'à l'époque où sa Majesté se trouvait au Danemark, elle avait, en compagnie des personnes précédemment identifiées, attrapé un chat qu'elle avait baptisé et à chaque partie du corps duquel elle avait ensuite attaché les principaux os d'un cadavre ainsi que plusieurs articulations[19]. La nuit suivante, en compagnie de toutes ces sorcières sur leur sas ou van, comme précédemment, elle avait transporté ce chat en pleine mer, pour l'y jeter au large de la ville de Leith en Écosse. Ceci fait, il se leva sur la mer une tempête si forte[20] que nul n'en avait jamais vu de semblable et qui causa la perte d'un bateau ou navire en provenance de la ville de Burntisland[21] et faisant route vers Leith avec une cargaison de divers joyaux et riches présents qui auraient dû être remis à celle qui est maintenant Reine d'Écosse, lors de la venue à Leith de Sa Majesté.

---

19. Le texte emploie le mot « part/parts » à la fois pour l'homme et le chat. Il ressort des dépositions elles-mêmes que les sorcières récupéraient doigts, orteils et genoux/rotules (knees/neise/nose/nez !!) selon certains (certainement lecteurs d'Apulée III, 17, v) pour les broyer et confectionner onguents ou philtres divers. La déposition de Geillis Duncan (5 décembre 1590) donne : « Thereafter …they knit to the four feet of (the cat ?) four "joints" of men. » Le chat fut lancé du bout de la jetée de Leith. Les minutes précisent que ce chat, une fois jeté à l'eau revint à la nage. Fémurs et autre gros os auraient certainement empêché l'animal de s'échapper, à supposer que l'on eût pu les lui attacher. Le rédacteur des Nouvelles affabule, là encore (NR).

La récupération de petits os humains lors d'exhumations par des sorciers est un fait universel. Dans *Macbeth* I, iii, l'une des sorcières détient le pouce d'un pilote noyé.

20. À l'inverse, il aura suffi de jeter Jonas à la mer pour que la tempête s'apaise : *Jon* 1:16.

21. Sur la rive nord du Firth of Forth, approximativement à la verticale de Leith. Le naufrage du bac Burntisland-Leith eut lieu en septembre 1589, lors de la même tempête, sans doute assez spectaculaire, qui força le navire de la fiancée du Roi à rebrousser chemin vers la Norvège. Tout ce passage amalgame naufrages et tempêtes sur deux années consécutives.

Il fut aussi avoué que le dit chat baptisé avait été à l'origine des vents contraires rencontrés par le navire de Sa Majesté le Roi lors de son retour du Danemark, à la différence du reste de sa flotte qui l'accompagnait alors, et ce sont là des faits avérés malgré leur grande étrangeté, comme en témoigne Sa Majesté le Roi, car alors que le reste de la flotte naviguait par vent favorable, Sa Majesté dut faire face à un vent contraire totalement défavorable. La dite sorcière déclara en outre que Sa Majesté n'aurait pu survivre à cette fortune de mer si Sa foi n'avait pas triomphé de leurs desseins.

De plus, lorsque ces sorcières furent interrogées sur la façon dont s'y prenait le Diable lorsqu'il était en leur compagnie, elles avouèrent que lorsque le Diable les recevait au nombre de ses serviteurs et lorsqu'elles lui prêtaient serment d'allégeance, il avait commerce charnel avec elles, bien qu'elles n'en tirassent que peu de plaisir, eu égard à la froideur du membre, et qu'il ne se privait pas de continuer cette pratique en mainte autre occasion.

Pour ce qui est du Docteur Fian, alias John Cunningham, déjà mentionné, l'instruction menée depuis son arrestation met en lumière la grande subtilité du Diable et ne fait que faire paraître ces choses encore plus miraculeuses. Arrêté à la suite de l'accusation portée par Geillis Duncan, déjà mentionnée, et qui avoua qu'il leur servait de clerc et que nul autre homme que lui n'était admis aux lectures[22] du Diable, le dit Docteur fut arrêté et emprisonné, soumis aux supplices d'usage appropriés à ces crimes et infligés aux autres comme on vient de le relater. Il eut d'abord la tête serrée dans la corde, mais il ne voulut rien avouer. Il lui fut ensuite fort loyalement proposé d'avouer ses errements, sans plus de succès. Finalement le plus sévère et le plus douloureux des supplices du monde lui

---

22. Par analogie avec la lecture des textes sacrés lors de l'office. Les portraits faits du Diable en ce lieu le font ressembler à un ministre réformé. Comme apparaît le Docteur Fian dans les bois gravés (NE).

fut infligé, à savoir celui des brodequins. Au bout de trois coups assénés et à la question de savoir s'il était prêt à passer aux aveux sur ses damnables agissements et vie perverse, il ne put faire que sa langue parlât, ce sur quoi les autres sorcières exprimèrent le vœu d'examiner sa langue sous laquelle furent découvertes deux épingles enfoncées jusqu'à la tête. Les sorcières déclarèrent alors « le charme maintenant rompu » et montrèrent que ces épingles enchantées étaient la cause de son impossibilité d'avouer quoi que ce soit. Les brodequins lui furent immédiatement ôtés, il comparut devant le Roi, ses aveux furent recueillis[23] et il ajouta de sa main, et de son plein gré ce qui suit :

Primo, qu'il était toujours présent lors des grandes assemblées de ces sorcières ; qu'il servait de clerc à toutes celles qui, assujetties au service du Diable, étaient qualifiées de sorcières ; qu'il recevait le serment d'allégeance qu'elles prêtaient au Diable ; qu'il couchait par écrit tout ce qu'il plaisait au Diable de leur ordonner.

Également, il avoua avoir, par ses maléfices, jeté un sort à un quidam[24] qui demeurait près des Saltpans où le dit Docteur était maître d'école, pour la raison qu'il était épris d'une personne du sexe qu'il aimait lui-même. Par sa sorcellerie et autres pratiques diaboliques il plongeait le quidam une fois toutes les vingt-quatre heures dans une crise de folie lunatique qui durait une heure entière et, pour le prouver, il le fit paraître devant Sa Majesté le Roi ; c'était le vingt-quatrième jour de décembre dernier. Dans la Chambre de sa Majesté celui-ci poussa soudain un grand cri et eut un accès de folie, tantôt se tordant, tantôt sautant en l'air si haut que sa tête en touchait le plafond, au grand étonnement de Sa Majesté et des autres

---

23. Aucune attestation de tels aveux.
24. William Hutson. Pendant 26 semaines sous l'emprise du sort qui cessa dès l'emprisonnement de Fian. Aucune mention d'une quelconque rivalité sexuelle (Acte d'accusation, alinéa 12).

personnes présentes. Les gentilshommes de la Chambre ne furent pas capables de le maîtriser et durent appeler à l'aide avant de pouvoir laisser le quidam étendu, pieds et poings liés, sans bouger, jusqu'à ce que lui passe sa fureur. Dans l'heure il revint à lui et lorsque sa Majesté le Roi lui demanda ce qu'il avait vu et fait tout ce temps, il répondit qu'il avait dormi d'un profond sommeil.

Également, le dit Docteur avoua qu'il avait, à plusieurs reprises, tenté par divers moyens d'arriver à ses fins et de concrétiser ses mauvaises intentions vis-à-vis de cette personne. Voyant qu'il n'aboutissait pas, et résolu à tenter tout ce qui était en son pouvoir afin d'atteindre son but, il eut recours aux charmes et sorts pour ce faire[25].

Il s'avéra que la personne était demoiselle et qu'elle avait un frère qui fréquentait l'école du dit Docteur, lequel, ayant appelé son élève, lui demanda s'il dormait dans le même lit que sa sœur. La réponse étant oui, le Docteur tenta d'arriver à ses fins et secrètement promit en conséquence de lui épargner les étrivières à l'avenir s'il lui procurait trois poils du pubis de sa sœur dès que l'occasion s'en présenterait. Le jeune garçon promit de s'en acquitter fidèlement et s'engagea à faire diligence. Il prit un papier[26] que lui fournit son maître pour les y envelopper et, la nuit, s'efforça de se procurer ce que désirait son maître, tout particulièrement pendant le sommeil de sa sœur.

Or, Dieu, qui connaît les secrets de tous les cœurs et démasque toute pratique impie et perverse, ne voulut pas laisser le diabolique Docteur arriver aux fins que celui-ci espérait. Afin de faire savoir qu'il était grandement offensé par cet

---

25. Affabulation. Certainement emprunté à l'épisode des outres dans *L'Âne d'or* d'Apulée, III, 17, ii (ET).

26. Support commode du charme depuis son invention. Forme visualisée de l'incantation, déposable en quelque interstice où cachette. La pratique perdure.

accord pervers, il fit en sorte que la demoiselle s'aperçoive d'elle-même de ce qui se manigançait et le fasse connaître à la face du monde. Une nuit, alors qu'elle sommeillait à côté de son frère, elle appela soudain sa mère et lui dit que son frère l'empêchait de dormir. Là-dessus, la mère, fort perspicace, y décela sans grand doute la main du Docteur Fian, parce qu'elle était elle-même sorcière ; elle se leva sur le champ, questionna son fils avec insistance pour savoir ce qu'il avait en tête et, afin d'en avoir le cœur net, lui administra une bonne volée qui fit qu'il lui révéla toute l'affaire.

La mère, qui n'en était pas à son coup d'essai en matière de sorcellerie, estima donc que la meilleure façon serait d'affronter le Docteur sur son propre terrain. Elle se saisit donc du papier dans lequel le garçon était censé mettre les dits poils et trouva une génisse qui n'avait jamais ni vêlé ni vu le taureau. Avec une paire de ciseaux elle coupa trois poils du pis de la vache, les enferma dans le papier qu'elle rendit au garçon et lui enjoignit d'aller le porter au dit maître, ce qu'il fit sur le champ. Le maître d'école n'en eut pas plus tôt pris possession que, croyant avoir les poils de la pucelle, il les ensorcela. À peine en avait-il terminé que la génisse ou vache, de laquelle venaient en fait les poils, vint au portail couvert de l'église où il se tenait et entra. Elle se dirigea vers le maître et fit des cabrioles autour de lui. Elle le suivit au sortir de l'église et en tous lieux où il alla, au grand étonnement de toutes les bonnes gens des Saltpans et de bien d'autres témoins[27].

Tout ceci, bien qu'il eût commencé par le nier, refusant d'avouer, il le reconnut dès qu'il subit le supplice des brodequins (une fois le charme rompu, comme dit précédemment) et en confirma l'entière vérité, sans produire de témoins pouvant le disculper. Là-dessus, en présence de Sa Majesté le Roi,

---

27. L'art de berner le Diable en retournant le charme, ou en faisant une lecture subtile des termes du pacte apparaît très souvent dans les contes et légendes populaires.

il signa de sa propre main les aveux qui sont consignés dans les archives d'Écosse[28].

Le bruit que cela fit amena tout le monde à se dire qu'il en était venu là par l'entremise du Diable sans laquelle cela n'aurait jamais pu s'accomplir. Il s'en suivit que la réputation du Docteur Fian (qui était un très jeune homme) devint si grande au sein de la population écossaise que l'on considéra secrètement qu'il s'agissait d'un magicien remarquable.

Après que furent reçues les dépositions et minutes des interrogatoires du dit Docteur Fian, alias Cunningham, comme déjà déclaré, et signées de sa propre main sans contrainte, il fut incarcéré par le geôlier dans une cellule individuelle où, renonçant à ses pratiques perverses, reconnaissant la très grande impiété de sa vie, démontrant qu'il avait trop succombé aux pompes et aux œuvres de Satan, qu'il s'était délecté à leur accomplissement sans discernement au moyen de magie, sorcellerie, charmes et enchantements, il fit vœu de mener une vie chrétienne et parut avoir retrouvé le chemin de Dieu.

Le lendemain, après qu'il eut été conféré avec lui, il reconnut que le Diable lui était apparu la nuit précédente, tout vêtu de noir, une baguette blanche à la main, et lui avait demandé s'il était prêt à le servir encore fidèlement, selon le serment déjà prêté et la promesse qu'il avait faite. Ce à quoi (selon ses dires) il renonça absolument devant lui en lui parlant ainsi : « Retire-toi, Satan, Retire-toi, car je t'ai trop prêté attention au prix de ma perte, et c'est pourquoi je renonce à toi pour de bon. » Ce à quoi le Diable répondit : « une fois avant ta mort tu seras à moi. » Là-dessus (selon ses dires) le Diable brisa la baguette blanche et disparut immédiatement de sa vue.

Le Docteur Fian resta ainsi toute la journée en confinement ; il semblait se préoccuper de son âme, en appelait à Dieu, faisait montre de pénitence pour la mauvaise vie qu'il avait menée.

---

28. Aucune trace directe n'en subsiste.

Néanmoins, le soir même, il trouva moyen de voler la clef[29] du cachot où il se trouvait, l'ouvrit pendant la nuit et s'enfuit aux Saltpans où il résidait habituellement et avait été arrêté. Lorsque Sa Majesté le Roi eut connaissance de cette escapade, une enquête fut diligentée sur le champ en vue de son arrestation et, pour qu'elle soit menée au mieux, il en fut fait proclamation publique dans tout le royaume. Grâce à ces recherches vite et bien menées, le Docteur fut arrêté de nouveau, emprisonné, et comparut par devant Son Altesse le Roi. Il subit un nouvel interrogatoire autant à propos de son évasion qu'à propos de tout ce qui s'était passé auparavant. Mais ce Docteur, nonobstant l'évidence de ses propres aveux signés de sa propre main et enregistrés sous sceau en présence de Sa Majesté le Roi ainsi que de plusieurs de ses conseillers, rejeta tout en bloc.

Sa Majesté le Roi, au vu de son obstination inébranlable, en vint à la conclusion que, pendant son absence, il était à nouveau entré en rapport avec le Diable son maître, avec qui il s'était abouché et qu'il en avait reçu un nouveau stigmate, lequel lui valut une fouille des plus strictes qui n'aboutit à aucune découverte. Pour pousser plus avant son interrogatoire l'ordre fut donné de lui administrer la question extraordinaire de la manière qui suit : les ongles de tous ses doigts furent arrachés à l'aide d'un instrument connu en Écosse sous le nom de « Turkas »[30] et que nous, Anglais, nommons paire de pinces[31]. Sous chaque ongle lui furent enfoncées jusqu'à la tête deux aiguilles. Malgré tous ces tourments le Docteur ne broncha pas le moins du monde et refusa tout autant d'avouer au plus vite malgré les tortures infligées. Sans délai, les brodequins lui furent une nouvelle fois infligés, qu'il supporta longtemps malgré les coups assénés, si nombreux que ses jambes

---

29. Cf. l'acte d'accusation, alinéa 10. Le serrures ouvertes sans besoin de clef, étaient celles de Madame Seton, mère, et celle de Seton jeune.

30. Tenailles turques

31. Ce qui renseigne sur la nationalité du rédacteur de ce passage.

en furent écrasées et réduites en mille morceaux, les os et la chair si meurtris que sang et moelle en coulaient abondamment au point de les empêcher de jamais servir à quoi que ce soit. Nonobstant tous ces traitements atroces et douloureux supplices, il ne fit pas le moindre aveu. Le Diable était entré si profondément en son cœur qu'il revint sur la totalité des aveux précédemment faits et ne voulut rien y ajouter sauf que ce qu'il avait dit et fait auparavant, n'avait été dit et fait que par peur des souffrances endurées.

Après longue délibération de Sa Majesté le Roi en son Conseil aussi bien que pour que justice fût dûment faite à l'encontre de malfaiteurs si odieux, ainsi que pour l'exemple et afin de frapper de terreur tous ceux qui, par la suite, tenteraient de se livrer à des agissements pervers et impies tels que la sorcellerie, la magie noire et autres du même acabit, le dit Docteur Fian fut aussitôt présenté devant les magistrats. Condamné, il reçut sentence de mort et fut envoyé au bûcher selon les termes de la loi du pays. Il fut ensuite transporté dans une charrette, étranglé d'abord, puis immédiatement jeté au bûcher tout spécialement préparé à cet effet, et brûlé sur la colline du Château d'Édimbourg un samedi à la fin de janvier de l'an dernier 1591[32]. Les autres sorcières qui n'ont pas encore été exécutées restent incarcérées jusqu'à plus ample procès et selon le bon plaisir de Sa Majesté.

Ce récit surprenant qui vient d'être fait peut éventuellement donner à certains de ceux qui le liront l'occasion de douter et de se demander pourquoi Sa Majesté le Roi a couru le risque de se trouver en présence de sorciers si notoires et de mettre en grand péril sa personne ainsi que le pays tout entier, ce qui était fort à craindre, il faut bien le dire. Pour répondre en gros à cette objection il suffit de considérer que, Primo, il est bien connu que le Roi est fils et serviteur de Dieu[33], alors qu'eux ne sont qu'au ser-

---

32. Date exacte sujette à caution.

33. I *S* 24:7.

Il fut avoué que le Diable s'était, en cette occasion précise, adressé en français à un brave paysan (Grey Meal), reconnaissant son échec et disant du Roi :

*vice du Diable ; qu'il est l'oint du Seigneur alors qu'eux ne sont que réci-
piendaires de la colère de Dieu*[34] *; que c'est un vrai chrétien qui croit en
Dieu alors qu'eux sont pires que des infidèles car ils ne croient qu'au
Diable qui est quotidiennement à leur service jusqu'au jour de leur totale
destruction. Il ressort néanmoins de tout ceci que Son Altesse a fait preuve
de bravoure et de magnanimité, sans craindre jamais les sorts qu'ils
jetaient, forte qu'Elle était de la résolution de ne craindre personne qui
fût contre Elle, ayant Dieu à ses côtés*[35]. *En vérité le propos général de
ce traité met tellement en évidence la merveilleuse providence du Tout-
puissant, que si Elle n'avait pas été défendue par son omnipotence et sa
force, Son Altesse ne serait jamais revenue de son voyage au Danemark
et il ne fait donc aucun doute que Dieu l'a protégée sur terre autant que
sur mer où les autres se sont lancés dans leur damnable entreprise.*

« C'est un homme de Dieu. » Comprenait-on le français de cour dans les chau-
mières ?

34. *Rm* 9:22.

35. Le Fils de Dieu lui-même n'avait-il pas déclaré : « Qui n'est pas avec
moi est contre moi… ? » *Mt* 12:30 ; *Mc* 9:40 ; et aussi *Rm* 8:31.

L'AVEU

NR ont recensé et transcrit 26 documents qu'ils présentent chronologiquement. Souvent lacunaires ou sujets à ambiguïté, ces textes touffus méritent d'être éclaircis. Nous avons choisi de faire ressortir leurs points communs en les classant ainsi :
α voyages sur l'eau ;
β attentat contre Seton ;
γ manigances et menaces visant la dynastie ;
Les références au Malin ont été soulignées ;
Ce qui se rattache au sabbat de North Berwick est sous δ ;
Les guérisons/soins/charmes, sont en italique.

La leçon est claire : trois sujets sont liés, qui font intervenir <u>le Diable</u> : α les tempêtes, d'où l'insistance sur le côté maritime et l'importance du batelier Grierson qui peut jouer le rôle de <u>Diable</u> ; β l'attentat manqué contre Seton ; γ le lien entre mer, mariage royal, avenir (menacé) de la dynastie et du royaume, protestants et <u>Diable</u>. L'usage de certains marqueurs grammaticaux montre qu'il y a eu dialogue préalable. La rencontre primordiale (1. α) femme de Copenhague/Duncan, peu vraisemblable mais pas impossible, n'a pu qu'être soufflée à celle-ci. Elle établit le lien entre un complot préalable ourdi outre-mer et les événements d'Écosse.

En outre, <u>le Diable</u> ne tient jamais ses promesses et l'on boit joyeusement. Ritchie Graham est mentionné dès le début. Curieusement, il joue presque le même rôle que Grierson et que <u>le Diable</u> lors des beuveries.

I.

Le premier concerne les premiers aveux de Geillis Duncan, datés d'avant décembre 1590, recueillis conjointement avec ceux d'Agnes Sampson.

Geillis Duncan

1. α Rencontre en mer d'une Danoise, avec deux comparses dont Bessie Thomson. Déclare avoir obéi aveuglément à <u>son</u> ordre (<u>le Diable</u>).
2. δ Voyage jusqu'à North Berwick à cheval. Plusieurs participants. On répond à ce qu'<u>il</u> demande. Elle mène le branle, franchit la clôture en tête. Grey Meal (John Gordon) a signé un pacte.
3. *A fait œuvre de guérisseuse sur un nobliau envoûté.*
4. <u>Il</u> lui promet l'incognito, ainsi qu'à Grey Meal ; d'améliorer leur ordinaire ; ne tient pas sa promesse. <u>Il</u> prédit leur perte.

Agnes Sampson prend la suite, sans transition. Elle :

1. Reçoit de l'argent et paie Grey Meal (répété le lendemain).
2. Pense avoir vu apparaître <u>le Diable</u> en prison à Haddington.
3. *Dit que l'on fait passer la maladie sur le premier venu, animal ou humain.*
4. γ Mentionne la transmission d'un billet.
5. <u>Il</u> lui prédit son arrestation ; qu'<u>il</u> la tirera de là dans sept ans, ou pas du tout de son vivant.
6. α Robert Grierson monte le premier dans la barque[1]. Elle est assise devant avec Fian. Grierson et Fian sont ensemble à North Berwick. Le nom de Grierson, prononcé en clair, les met en colère. <u>Il</u> leur enjoint de se taire.

1., 1bis. L'article défini réfère à une déclaration précédente inconnue. Ce sera souvent le cas. Aveux "soufflés" ?

7. γ δ Dix personnes sont présentes chez George Motts à Prestonpans. Grierson porte un toast. Présence d'un secrétaire qui vote le premier et organise la réunion.

8. α Jalouse Grierson qui a tiré bénéfice du[1bis] naufrage, et pas eux.

9. γ Le billet a pour but d'empêcher la Reine d'arriver en Écosse.

10. Il répond au commandement : Hola/Eloa, lorsqu'on l'appelle.

11. *Tentative de guérison.* Il refuse son aide. *Sampson prend le mal sur elle, le passe à un chien. Le malade meurt.*

12. δ Va à North Berwick à cheval.

13. δ Baise <u>son</u> arrière-train.

14. α Des inconnus et des comparses connus dans la barque. Présence de Richie Graham. De rameuses.

15. α Arrive à North Berwick dans un bateau-cheminée.

16. α Boit à la santé de Graham, et réciproquement, du vin blanc tiré de la cale par <u>le Diable qui fait le service.</u>

17. α La tempête se déclenche immédiatement après.

18. α A rencontré <u>un inconnu</u> en barque, un an auparavant.

☙

Le lendemain :

1. Il leur demande des comptes lors de chaque réunion[2].

2. β Détaille l'attentat contre Seton : verre pilé et filasse de chanvre ; corde tendue en travers du chemin ; Il tire à l'autre extrémité et pèse son poids ; Geillis Duncan[3] est dans le coup, ainsi que Grey Meal. L'attentat est prémédité. *Le charme échoue et tombe sur le bétail du fermier.*

---

2. Il y en a donc déjà eu.

3. Autre point commun.

3. α A voyagé sur une embarcation rapide comme l'éclair.

4. <u>Il</u> honore ses rendez-vous entre 17 et 18 heures.

5. α <u>Il</u> annonce la grosse tempête de la Saint-Michel.

6. γ <u>Le Diable</u> et les protestants veulent éliminer le Roi et détruire le royaume. Le Roi serait bien inspiré d'y réfléchir et d'agir.

7. γ Réponse du <u>Diable</u> : le Roi aura une descendance, d'abord des garçons, puis des filles.

8. β Détail des comparses locaux lors de l'attentat. Le lieu est précisé : sur le pont d'Orminston[4] entre le bois et les *Halls of Foulstruther*.

9. β <u>Il</u> a commandé cette réunion l'après-midi même et tient le bout de la corde. <u>Il</u> promet une récompense mais s'esquive. Le premier qui marchera sur le verre écopera du mauvais sort.

10. Détaille six rencontres avec <u>le Diable</u>, qui vont crescendo au cours des années :

a)   Elle se donne à <u>lui</u> dans un moulin ; doit cesser de se plaindre ; en tirera profit à condition de <u>le</u> servir ; consent ; <u>le</u> reconnaît alors.

b)   Elle reçoit une marque ; <u>il</u> s'en déclare l'auteur.

c)   Dix semaines plus tard, <u>il</u> lui donne à nouveau des directives. Deux comparses présents sont brûlés par la suite. <u>Il</u> exige fidélité ; promet de faire cesser la douleur causée par la marque ; ces rencontres et entretiens sont de plus en plus pénibles.

d)   Deux ans plus tard, <u>il</u> est vêtu de noir. Nouveaux lieux.

e)   α Nouvelle rencontre aux portes de Dalkeith. Ordre donné de se rendre à Prestonpans le lendemain ; <u>il</u> prend l'aspect d'une meule de foin qui se transforme en barque qui emmène quatre comparses ; quarante-huit heures en mer ; barque rapide comme une hirondelle. Les comparses montent sur un plus gros bateau (pas elle) ; on leur

---

4. À quatre kilomètres au sud de Tranent.

distribue du vin ; il a l'aspect d'un homme ; a disparu lorsque l'on rentre au port.

f) *a* Un an avant l'interrogatoire, va de Prestonpans à North Berwick en barque.

୨୶

II.

Longue déposition d'Agnès Sampson les 4 et 5 décembre 1590. En présence du Roi. Elle a donc été transférée à Édimbourg.

1. *Elle reconnaît une dizaine d'affaires de soins et remèdes empiriques et nomme les bénéficiaires, roturiers ou nobliaux.*

2. *Déclare que le don lui est venu de son père, mais nie avoir eu recours à ses enfants pour exercer ses talents.*

3. *a* Nie avoir eu connaissance du naufrage du bac de Burntisland mais reconnaît avoir entendu dire qu'il avait été manigancé

4. Nie avoir connu et jamais rencontré Geillis Duncan.

5. Raconte une histoire abracadabrante de chien noir et fou sorti d'un puits, qui sème la panique dans une bonne famille. Ceci amène le Roi à prendre l'affaire en main. À partir de ce moment elle dialogue avec Sa Majesté et reconnaît qu'elle a été appelée pour calmer ces pauvres gens si effrayés. Le <u>Diable</u> est le chien ; il répond au nom d'Eloa[5]. Elle prédit un sombre avenir aux dames de la famille ; tire à grand peine une dame du puits où se cache le chien[6] qui finit par s'enfuir.

6. Narre ses débuts dans le métier : sous forme humaine, <u>le</u> <u>Diable</u> promet d'améliorer sa situation et de la venger de ses ennemis ; exige qu'elle le serve et renonce au Christ ; fixe les rendez-vous ; appose sa marque ; répond au nom d'Eloa, prononcé Hola.

---

5. Comme lors de l'attentat, quand il apparaît au bout de la corde.
6. Mêmes efforts, même corde que lors de l'attentat.

7. Dit que si le Roi en personne ne l'en avait pas convaincue, elle aurait obéi à <u>son maître</u> et n'aurait jamais avoué.

Après la pause déjeuner, elle avoue :
1. (à différentes reprises) Que <u>le Diable</u> peut prendre n'importe quelle forme et qu'elle peut le faire s'éloigner une fois apparu ;
2. *Qu'<u>il</u> lui inspire des prédictions.*
3. Reconnaît sa présence aux réunions antérieures déjà mentionnées. Janet Campbell, l'une des participantes, fut brûlée par la suite ; la présence de Janet Stratton ; fait reproche à <u>son maître</u> de ne pas tenir ses promesses ; ne sait pas ce qu'<u>il</u> a dit aux autres.
4. Grey Meal, dans la maison du fermier, reçoit l'ordre de renoncer à Dieu.
5. δ Détaille le sabbat de North Berwick qu'elle rejoint à cheval. On danse selon des règles et des figures déterminées ; il y a plus d'une centaine de personnes ; Fian ouvre les portes en soufflant dessus et allume de la même façon les flambeaux ; <u>le Diable</u>, homme corpulent vêtu « gown » et coiffé de noir, est en chaire ; <u>il</u> fait l'appel ; le nom de Grierson déclenche un incident ; <u>il</u> leur demande s'ils ont été obéissants ; leur fait ouvrir des tombes et recueillir des (petits) os « joints » pour en faire des poudres ; se fait baiser l'arrière-train ; Fian est à sa gauche. Grey Meal est de service à la porte.

Le lendemain 5 décembre après-midi elle avoue :
6. β Que neuf personnes, dont Duncan et Stratton, ont fomenté l'attentat de Foulstruther ; répète l'histoire de la corde ; déclare que <u>le Diable</u> leur indique les ingrédients nécessaires. C'est le cheptel et/ou la fille du fermier, cette fois-ci, qui trinquent.
7. α Admet avoir été en mer avec d'autres sur des passoires et avoir navigué très vite, etc.
8. α <u>Le Diable</u> a prédit la tempête de la Saint-Michel.

9. α Corrobore l'histoire du billet écrit par Fian et transmis par Duncan. Confirme la déposition de cette dernière relative au naufrage du bateau.

10. γ Réitère les confidences du <u>Diable</u> concernant la famille royale et la situation politique.

11. α Déclare avoir été sur le bateau naufragé : s'être embarquée à North Berwick en compagnie d'une vingtaine de rameuses ; <u>le Diable</u> en forme de botte de foin ; l'abordage du bateau ; la beuverie ; l'absence d'équipage ; <u>le Diable</u> qui reste sous la quille ; la tempête qui se lève et fait couler le navire (*The Grace of God*) ; la récompense à Grey Meal (qu'il avoue).

12. α <u>Le Diable</u> lui enjoint d'aller rencontrer une inconnue sur un autre bateau.

❧

Ce dernier point reprend le détail du premier aveu de Duncan. Si <u>le Diable</u> qui prend plusieurs aspects est souvent confondu avec l'homme du moment, nos sorcières sont interchangeables. Le sabbat de North Berwick est détaillé pour la première fois.

III.

Dépositions de Geillis Duncan. Le 5 décembre 1590 et le 15 janvier 1591. Le 5 décembre elle reconnaît :

1. α L'expédition suivie de beuverie en présence de Robert Grierson et d'Agnes.

2. γ Le billet écrit par Fian et que Sampson lui aurait transmis[7]. Nié par cette dernière.

3. γ Les circonstances de la remise du billet à ses destinataires.

4. γ Le baptême d'un chat huit jours après chez le tisserand[8]

---

7. Inversion de rôles.
8. Ou chez Mott ?

ainsi que le rituel de la cérémonie. En présence de Fian et de Sampson, entre autres. Lesté de quatre « joints » humains, l'animal lancé à l'eau au bout de la jetée, revient à la nage.

Le 15 janvier elle mentionne :
1. Le décès du comte d'Angus le premier lundi de l'an et Agnes Sampson en compagnie d'inconnus dont une *Lady*.
2. Une sorte de joyeuse équipée chez l'un des personnages ci-dessus. Circonstances assez confuses. Agnes Sampson y pré-dit un investissement de deux cents livres sur les terres de James Douglas, seigneur de …
3. γ Déclare que Sampson a dit : « le Roi s'en va chercher son épouse, mais j'y serai arrivée avant eux. »
4. Contradictions entre divers témoins et les accusées, relati-vement à des philtres d'amour, à qui a fait quoi et se trouvait où lors de la transmission du billet et du sabbat.

IV. Janvier 1591.
Agnes Sampson, interrogée confirme :
1. Que le Diable était un chien noir ; sa première rencontre avec lui ; diverses rencontres et réunions.
2. Les incantations autour d'une cire à l'effigie de Monsieur John Moscrop.
3. Avoir reçu la visite de Janet Drummond[9] à propos de Pumpherston.
4. α β γ Nie l'attentat ; le mot de billet chez les Mott ; les joyeuses croisières ; le sabbat de North Berwick, qu'elle avoue de nouveau.
5. *Avoue avoir rencontré Barbara Napier à propos de remèdes pour soi-gner Lady Angus indisposée ; accepté un rendez-vous sollicité par Barbara qui voulait voir revenir son époux sain et sauf ; lui dit qu'il devra se méfier d'un dénommé Archie ; offre de confectionner une poupée*

---

9. Servante d'Euphame MacCalzean

de cire à cet effet ; que Barbara lui a demandé comment tirer de l'argent
de Lady Angus et qu'elle a enchanté un anneau à cet effet.
6. *Avoue avoir déposé les terres de cimetière au pied du lit de MacCalzean.*

>◆

Ce quatrième document annonce l'implication des deux dames
de la haute. Mais uniquement pour des charmes et remèdes de
bonnes femmes. Il introduit quand même l'idée d'une menace
physique ainsi que d'une rivalité financière (retour de biens
extorqués ?). Il comporte toujours des articles définis sans réfé-
rent. Au bout de trois mois, l'intrigue est en place. Il ne manque
plus que la mention du nom de Bothwell.

V.

Suivent alors des confrontations entre les inculpé(e)s ainsi que
d'autres dépositions dont celles de Janet Stratton, Donald
Robson et Ritchie Graham, participants majeurs non mentionnés dans les *Nouvelles*.

Sont confirmés, avec plus ou moins de détails :
β L'attentat manqué de Foulstruther ;
γ La transmission d'une cire élaborée à Prestonpans et passée
de mains en mains ; le nom du Roi est prononcé lors de la
cérémonie ; Napier est impliquée, qui aurait rédigé un chara-
bia souhaitant qu'il attrape la vérole ; MacCalzean est aussi de
la partie. Le nom de Bothwell est associé à des dons d'or, d'argent et de nourriture à cette occasion. Stratton et Robson
l'avouent. Napier nie tout en bloc. MacCalzean est accusée
d'avoir réclamé l'effigie et déclaré que « le royaume ne man-
quera pas de roi. » Aucune mention de dénégation.

VI. Fin Janvier.

γ Duncan, Stratton, Robson dénoncent les participants de la réunion de Prestonpans (Acheson's[10] Haven) préalable au grand sabbat. La présence du <u>Diable</u> qui demande que l'on se procure un linge ayant touché le Roi.

ૐ

Duncan implique *Master Bowes*, Ambassadeur d'Angleterre, qui aurait assisté à la réunion en présence notamment de Napier et de MacCalzean. Stratton implique activement Bothwell.

ૐ

L'affaire est bouclée dans ses grandes lignes.
1. Robson, âgé de plus de soixante-dix ans, confirme les détails du sabbat et de la messe noire dans l'église ;
2. β Accuse un dénommé John Cockburn de lui avoir demandé, moyennant cinquante livres, l'exécution d'un contrat concernant David Seton. Il lui conseille de s'adresser à Agnes Sampson.
3. Parmi d'autres détails significatifs : la mention de « Martha » ;
l'accointance MacCalzean/Lady Angus par servante interposée.

VII.

Fin Janvier : Janet Stratton confirme :
1. γ La transmission de la cire impliquant Napier et MacCalzean
2. Le recours de Lady Lyons auprès de Sampson pour cause de mésentente avec son mari.

---

10. C'est aussi le nom de Madame Mott.

VIII.

Le 4 mai : Stratton à nouveau, en présence du Roi et du Chancelier Maitland, ennemi de Bothwell, rappelle :

1. α Le naufrage de septembre 1859, impliquant Sampson ;
2. γ La réunion de Prestonpans, l'épisode du jus de crapaud, en présence de comparses ;
3. L'obédience de Sampson vis à vis du <u>Diable</u> :
4. γ La présence de Napier et MacCalzean à la réunion du lendemain, le passage de la cire entre les mains d'une soixantaine de personnes ;
5. γ La remise de la figurine au <u>Diable</u> ressemblant à un prêtre (donc catholique) en noir ;
6. γ Que Sampson a expressément nommé la figurine « James Stuart, Prince of Scotland. »

Désormais, il n'est plus question que du complot contre le Roi.

IX.

Le 5 mai. Interrogatoire de Duncan, Robson et Bessie Thomson.

1. γ Duncan confirme sa présence à Prestonpans et la déposition de Stratton faite la veille. A entendu prononcer le nom de Bothwell associé à or, argent et nourriture en récompense.
2. Robson confirme, ajoute quelques détails de paroles prononcées. Mais surtout que l'or proviendrait d'Angleterre[11], ce dont doute fortement Grierson.
3. Thomson confirme, ainsi que sa présence lors des exhumations de North Berwick. Se contredit quant à la présence du <u>Diable.</u>

❧

---

11. Par le truchement de l'ambassadeur ?

X.

NR donnent la teneur d'une lettre adressée par Ritchie Graham au Roi. Il craint pour sa vie, demande des garanties et promet de tout dire sur Bothwell en échange. Il se rétractera lors du procès Bothwell en 1593. Le Roi demande à Maitland d'accéder aux demandes de Graham.

XI.

Le 7 mai. Déposition d'une servante d'Euphame MacCalzean. Sur son ordre, elle aurait :
1. Porté de la nourriture à la prison. Le geôlier porte le même nom qu'elle.
2. Un message était caché dans le pain.
3. *a* Quelques lignes sur des écrits niés par MacCalzean et relatifs au voyage en barque.

XII.

Le 7 mai. MacCalzean, interrogée à Holyrood, déclare :
1. Avoir écrit deux fois à son mari depuis la prison ;
2. A des doutes sur son écriture, reconnaît puis nie ;
3. Jennie Drummond porte des cadeaux de sa part à Agnes Sampson.

XIII et XIV.

Dépositions de Janet Kennedy, sorcière exfiltrée d'Angleterre.

Une lettre de l'Ambassadeur Bowes, datée du 14 juin, dit qu'elle a dévoilé en secret au Roi des détails de l'accord entre Graham et Bothwell (NR).

Date inconnue. Elle déclare :

1. Avoir, il y a trente ans, rencontré un pèlerin prêcheur vêtu de blanc qui lui demandait de mener une vie honnête. Elle reconnaît aujourd'hui que c'était le <u>Diable</u> déguisé ;

2. Été contactée à cette époque par une Agnes Sampson menaçante ; elle fait allusion à un transport d'esprit entre Agnes et elle. Récit très embrouillé ;

3. Avoir, trois ou quatre ans auparavant, assisté au passage de la cire de main en main. Elle mentionne le nom du Roi. Détails multiples et sans grand rapport avec les dépositions des précédentes.

4. Elle ajoute (le lendemain ?) que « two great women » étaient présentes.

Tout cela sent l'aveu suggéré, l'artifice et le montage.

L'OFFENSIVE MOSCROP-OGILVY

XV, XVI, XVII.

Les 19 juin, jour où est prononcée la sentence contre Euphame MacCalzean, et 4 juillet, Stratton et Robson font au Château de Seton en présence du Lord et de deux autres Seton, et à Tranent devant David Seton, des déclarations authentifiées par officier ministériel :

1. Stratton nie connaître Bothwell, reconnaît savoir que c'est un noble. À Tranent où il est alors détenu, Donald (Robson) confirme.

2. Robson jure devant Dieu ne connaître Euphame MacCalzean que depuis son incarcération à Édimbourg et nie sa présence au sabbat de North Berwick.

3. Stratton jure avoir rencontré MacCalzean pour la première fois lors de leur comparution devant Sa Majesté et nie sa présence au sabbat.

XVIII.

Le 4 décembre, au pied du bûcher et devant officier ministériel, Geillis Duncan et Bessie Thomson exemptent MacCalzean et Napier de tout acte de sorcellerie, déclarent qu'elles n'ont jamais été présentes au sabbat, et qu'elles ont fait ces déclarations sous la pression des « deux David Seton ».

LES PROCÈS

Classement NR.

XIX.

John Fian, le 26 décembre 1590.
Reconnu coupable. 20 chefs d'accusation : turpitudes diverses, pacte avec le Diable dont il exécute les commandements, incendie volontaire, voyages aériens, complot contre le Roi (réunions de Prestonpans, participation au sabbat de North Berwick excursions en mer et naufrages), actes de sorcellerie (magie et prédictions).

XX.

Agnes Sampson, le 27 janvier 1591.
Reconnue coupable d'une cinquantaine de chefs d'accusation. Une trentaine pour sorcellerie proprement dite (guérisons et charmes). Le reste pour complot contre le Roi (voir Fian), pour l'attentat d'Orminston, pour complicité avec Euphame MacCalzean et Barbara Napier.

XXI.

Barbara Napier, du 8 au 10 mai 1591.
Reconnue coupable de connivence maléfique avec Lady Angus, avec Ritchie Graham ; d'avoir tenté de faire avorter une loi. Acquittée du chef d'atteinte à la vie d'Angus et de participation au sabbat. Condamnée à mort en session complémentaire par lettre de cachet signée du Roi et du Chancelier et à la confiscation de ses biens mobiliers ; plaide la grossesse ; exécution reportée.

XXII.

Procès des 12 jurés ayant voté l'acquittement.

XXIII.

Euphame MacCalzean, du 9 au 15 juin 1591.

Reconnue coupable d'actes de sorcellerie ; d'atteinte à la vie de Pumpherston et de son beau-père ; de haute trahison (complot contre le Roi). Condamnée à être brûlée vive.

Confiscation de tous les biens au profit de la Couronne.

NR terminent en donnant les minutes du procès intenté à Bothwell.

LES EXÉCUTIONS

Fin 1590, début 1591 : John Fian, alias Cunningham, John Gordon, Agnes Sampson et quatre comparses.

24/25 juin 1591 : Euphame MacCalzean.

4 décembre 1591 : Geillis Duncan, Bessie Thompson.

Barbara Napier, remise en liberté le 23 février 1592(?) (ET) ou exécutée à Haddington en 1591(?) (NR).

Février 1592 : Ritchie Graham.

❧

Août 1593 : procès Bothwell. Banni, il perd son titre et ses biens sont confisqués.

LES BOIS GRAVÉS

Dans sa communication faite à l'Université d'Édimbourg en 1995 lors du Congrès international du SHARP (the Society for Authorship, Reading and Publishing) et disponible en ligne, le Professeur Edward H. Thompson (ET), de l'Université de Dundee, s'attache principalement à interpréter les bois gravés qui accompagnent les diverses éditions des *Nouvelles*.

Il commence par signaler qu'il n'existe que trois ou cinq exemplaires de la première édition ; que l'édition Wright, de 1591, est agrémentée de deux planches de gravures ; que ces premières gravures (sans cadre tracé ni véritable unité organique [N.d.Tr.]) témoignent de manipulations du texte avant impression. D'autres commentateurs datent ces gravures de 1598.

❧

La première planche est agencée sur trois niveaux et comporte, de bas en haut : un coin droit clairement délimité par une construction, des personnages sont à l'intérieur ; un coin gauche en haut qui représente un naufrage ; un bandeau transversal sur trois niveaux en diagonale avec à gauche en bas sur deux niveaux un diable prêchant en chaire et, dans l'espace restant, quatre scènes impliquant des personnages masculins et féminins.

a) Coin droit, en bas. Sous une structure voûtée, vue en coupe, avec porte d'entrée latérale sur la gauche, un homme est allongé au premier plan, appuyé sur le coude gauche. Il est vêtu d'un pourpoint serré à la taille, de chausses, et porte un chapeau rond à bord droit, un peu haut de forme. Il porte bouc et moustaches. Il regarde de face mais semble absorbé de l'intérieur. Contre la muraille de droite, quatre fûts arrangés comme dans un chai. Au fond, à gauche, une table dressée, avec nappe et trois convives coiffés et vêtus plutôt richement, certainement des femmes (voir ci-dessous) ; à droite, quelque chose qui ressemble à un système de chauffage, à moins que ce ne soit un système d'éclairage avec gros porte-cierge allumé. Les proportions ne sont pas respectées. ET y voit, pour ce qui est de l'homme allongé et des fûts, une référence à l'incident mentionné dans l'adresse au lecteur précédant les *Nouvelles* où nous est donnée l'histoire d'un pauvre hère transporté par magie à Bordeaux et ramené tout aussi mystérieusement en Écosse porteur de la révélation du complot des sorcières. Tout à fait plausible. Il propose l'idée que, techniquement, la table du fond n'a pu être que rapportée et mentionne aussi que cette illustration n'est pas unique en son genre à l'époque. Nous n'entrerons pas dans ces détails, qui réfèrent à des hypothèses relatives à la genèse du texte dont nous disposons.

b) Coin gauche. Le pied gauche de la voûte d'entrée du chai
    unit les deux parties de l'horizon bas. L'autre partie est
    plantée d'un tronc d'arbre à fortes racines apparentes, de
    type mangrove, reproduisant en inversé vertical les
    branches des arbres plus minces visibles près de l'église
    dans la planche 2 et qui monte à mi-hauteur de l'ensemble
    pour finir par crever l'horizon médian, coiffé d'un bac à
    festons à usage de chaire. En chaire, un diable noir au long
    cou, de grande taille, griffu, cornu, à aile ou queue de dra-
    gon. Ce diable semble s'adresser à un groupe de femmes
    sur l'horizon médian. Sa tête et sa queue crèvent le troi-
    sième horizon.

c) Horizon médian. Trois groupes. Tout proche du diable, à
    une échelle plus petite, donc avec effet d'éloignement, un
    individu en chapeau rond de haute forme et à calotte tron-
    quée, assis à un pupitre qui pourrait être d'école ou
    d'église, vu de trois-quarts, rédige un texte de la main
    gauche. Dans la mesure où l'épisode de la génisse en rut
    décrit dans la planche 2 ne peut que se rapporter à Fian, et
    que celui-ci est dit, en page titre, être « regester to the
    Divell » et fut accusé d'avoir servi de secrétaire aux sor-
    cières lors de diverses réunions, il y a tout lieu de croire
    qu'il s'agit bien de lui, le gaucher, marqué ainsi du Diable.
    ET fait néanmoins remarquer que cette notion, non attes-
    tée aux seizième/dix-septième siècles, appartient à l'occul-
    tisme du dix-neuvième.

d) Le groupe central, de plus haute stature, est constitué
    d'un quatuor de dames, mains jointes à hauteur de la
    taille, en coiffes élaborées, collerettes et longues robes.
    Certainement des personnes de qualité, à hauteur de
    visage du Diable prédicateur et qui le regardent à l'évi-
    dence. Si, à gauche, l'ourlet d'une robe touche au tabou-
    ret de Fian, à droite elles n'ont aucun contact de même

nature avec le personnage qui ferme cet horizon. ET n'en dit rien.

e) Pas plus qu'il ne commente, à droite, l'image d'un homme incliné, vu de trois-quarts lui aussi, qui s'appuie sur son coude droit et dont le regard vide, tourné vers la droite, se perd vers le bas ou vers l'intérieur. Son chapeau est mou, à bords ondulés ; il porte bouc et moustaches ; il est vêtu d'un pourpoint et de chausses. Une sorte d'espar/bâton pointe dans le vide derrière son épaule droite ; il est accoudé sur une structure basse qui semble être faite de planches/lattes assemblées et sur laquelle porte un objet rond/ovale de la même facture et doté d'un couvercle à bouton. Aucune hypothèse ne peut le rattacher à notre document, sauf celle du retour en Écosse, ou du départ du même personnage, le colporteur, semblablement vêtu et lui aussi couché, en position symétrique dans le chai en dessous. Si notre homme a été transporté, par magie, comme en rêve, il ne s'est en fait aperçu de rien et se retrouve tel quel, égaré. Si le Docteur Fian avoue lors de ses interrogatoires avoir été transporté sur de longues distances au cours de son sommeil, le texte des *Newes* ignore complètement ces épisodes.

f) Horizon supérieur, coin droit. Quatre femmes encore, dont les regards balaient l'ensemble de la planche. L'une d'elles, gauchère, approche une louche d'un chaudron noir et pansu accroché au-dessus d'un feu à hautes flammes, contre un mur. Le geste est aussi maladroit que celui de Fian dans la planche 2.

g) Si les coiffes sont moins riches que celles du quatuor de l'horizon médian, les robes sont semblables. L'une d'elles touche la coiffe d'une des femmes du groupe central infé-rieur, ce qui implique liaison organique. Celle qui tient la louche porte un tablier. Activité oblige, peut-être. Pas de bouillon de sorcières dans les *Nouvelles,* mais une allusion au long manche de la cuillère à pot nécessaire pour éviter de se brûler lorsqu'on soupe avec le Diable se retrouve dans la *Démonologie.*

h) Elles sont séparées de la dernière scène qui se passe en mer par une sorte de falaise. Un navire de haut bord portant pavillon, démâté, est en train de sombrer. Trois corps sont précipités dans les flots.

Il faut rappeler que nos sorcières ont été accusées d'avoir causé au moins un naufrage d'importance et d'en avoir fomenté d'autres qui, heureusement pour la famille royale, ont pu être évités.

≥●

La seconde planche, un peu à la manière d'une bande dessinée, comporte quatre cases non isolées, divisées horizontalement en deux horizons comportant chacun deux illustrations. Le message se lit de droite à gauche. Il a trait aux activités du Docteur Fian. Les personnages sont vus de profil.

a) Coin droit, en haut. Un homme, gaucher, trace sur le sol au moyen d'un long bâton pointu trois cercles concentriques. Le bâton est tenu de façon anti-ergonomique. Il fait l'effet d'une canne, plutôt que d'un stylet. L'homme, représenté jambe gauche en avant, semble marcher. Il porte chausses collantes, demi-manteau flottant à grand col carré, chapeau rond à relativement larges bords et haut de forme. De la main droite, il semble vouloir tenir à distance un animal qui, patte levée, se dirige vers lui. Cet animal est un bovin dont l'œil égrillard, la langue lubrique pointée en avant et la queue en bataille sur le dos évoquent directement l'épisode farfelu de la génisse amoureuse, tel qu'il est relaté dans les *Nouvelles*, sans rapport avec les faits relatifs au procès. Le bâton sépare les protagonistes et les fige en arrêt sur image.

b) En progressant vers la gauche de la planche, l'horizon sur lequel ils se tiennent est interrompu par la protubérance d'une croix noire (mal) rattachée à un clocher blanc appartenant à l'horizon inférieur.

c) Coin gauche : après un hiatus, l'horizon, reconstitué au même niveau que précédemment, est porteur d'une potence sans corde dont le bras est dirigé vers la droite. Le symbole est clair : le facteur de maléfice devra passer par le signe de Dieu avant de subir le châtiment suprême. Croix et potence, même bois. Sauf que nous savons, comme le précise notre texte, que Fian et les autres ont été jetés au bûcher après avoir été étranglés, selon la coutume écossaise. Si le dessinateur l'ignore, c'est soit qu'il n'est pas écossais, soit qu'il n'a pas lu le texte, ou bien encore qu'il en a lu un autre. ET démontre qu'il s'agit, pour la génisse et le magicien, de bois réutilisés par la suite pour illustrer d'autres œuvres. Sont-ce déjà des bois de réemploi ?

d) Horizon inférieur, coin droit : un cheval noir est représenté en mouvement vers la gauche. Harnaché, il porte sur la tête et le cou deux paires de flambeaux allumés, inclinés dans le sens de sa progression. Il porte aussi deux cavaliers. Le premier est vêtu d'un manteau noir, porté sur les épaules, apparenté à celui du personnage du dessus ; ses hautes bottes sont noires ; il porte un chapeau noir moins haut que celui du dessus ; un fin collier de barbe et un bouc soigné ; il tient les rênes de la main gauche ; son bras droit n'est pas visible. C'est un personnage de haute condition. Un homme est assis derrière lui ; sa jambe gauche n'est pas visible ; il se tient au cavalier du bras gauche. Il porte chapeau et bouc ; sa tête est curieusement fichée de guingois. Il fait nettement plus peuple, ou plus militaire, avec son pourpoint serré à la taille. Puisque ET identifie Fian dans ce second personnage, le cavalier ne peut être que Satan incarné. Nulle part dans le texte publié il n'est question d'une telle scène, qui est néanmoins mentionnée dans les minutes des procès (Alinéa 11 de l'acte d'accusation de Fian). L'illustrateur, ici en plein dans le sujet, a donc eu connaissance de faits qui n'ont rien de farfelu. Pas de réemploi. S'agit-il de l'illustration d'un passage retranché avant publication et remplacé par la fable de la génisse folle ?

e) Coin gauche : l'église. Elle apparaît ornée de quatre croix qu'en héraldique on dirait « fichées », une cinquième n'est qu'esquissée. Sa haute flèche crève l'horizon supérieur. Il n'y a aucune ressemblance architecturale avec les églises de village britanniques, qu'elles soient anglaises ou écossaises (en particulier North Berwick). Le style en est plutôt germanique.

L'antérieur droit du cheval, levé, touche à la partie de l'horizon où se trouve l'église, tandis que le gauche est posé sur la partie droite du même horizon. Le lien est établi.

Avons-nous ici une allusion à Ritchie Graham, sorcier de cour et âme damnée de Bothwell, menant le bal ? Ou même à Bothwell lui-même. Voir les menaces contre la personne du Roi, soi-disant proférées lors du sabbat.

La première édition inclut deux autres planches. Cette fois, les gravures, inscrites dans un cadre bien tracé, ne comportent qu'une scène chacune et sont d'une autre main. L'une montre un personnage de stature royale debout auprès d'un autre de même rang, apparemment plus âgé, assis sur un trône. L'homme debout pointe du doigt, de la main droite, vers le bas en geste d'autorité. Ils sont sur une estrade dans une pièce à haut plafond et fenêtre treillissée du haut de laquelle ils dominent une scène de châtiment corporel : un homme, tête nue, bastonne quatre femmes toutes coiffées de bonnets et vêtues de robes sans fanfreluches. Ces quatre femmes se regardent ou baissent légèrement les yeux ; elles ont les mains levées ou jointes comme en prière, mais ne baissent pas vraiment la tête. Elles ont l'air suffisamment rebelles pour n'être pas encore vaincues.

S'agit-il d'une allusion aux interrogatoires menés à Holyrood, en présence de sa Majesté et de son tribunal ad hoc ? Mais alors pourquoi le Roi n'est-il pas représenté jeune ? Il avait 26 ans. Ne faut-il que s'en tenir à l'allégorie ?

Elle inclut aussi, en dernière page, une gravure d'un autre style encore qui représente trois personnages alignés sur fond de forteresse. À gauche, un homme, lourdes clefs à la ceinture, index de la main droite pointé semble se diriger vers l'extérieur de l'image, à moins que ce ne soit vers l'ouverture sombre d'un bâtiment situé un peu en retrait, (absence de perspective). Il regarde, derrière lui, deux personnages : un homme en robe et chapeau de clerc suivi d'une femme en coiffe molle qui soulève de la main gauche un pan de sa robe et qui, eux aussi pointent mains, doigts et regards vers la gauche. À mi-hauteur, à gauche et dans le coin droit en haut, deux larges phylactères vides attendent une légende. Plusieurs interprétations sont possibles. On pourrait y voir la visite de Eupheme MacCalzean à la prison de Tolbooth. Certains estiment même que cette planche n'a rien à voir avec le contenu des *Nouvelles*.

ET ne commente pas ces deux dernières planches.

DÉMONOLOGIE
en forme de dialogue
divisé en trois parties

Édimbourg

Imprimé par Robert Waldegrave
Imprimeur de sa Majesté Royale. En l'an 1597.
Cum Privilegio Regio

PRÉFACE
au Lecteur

L'effrayant foisonnement, de nos jours et en notre pays, de ces détestables suppôts du Diable que sont sorcières ou enchanteurs, m'amène, très cher lecteur, à diffuser sans tarder le traité qui suit, composé de ma main, non point, j'en proteste, pour étaler mon savoir et mon intelligence, mais simplement, poussé par ma conscience, pour tenter par ce moyen, pour autant qu'il m'est possible, de convaincre tant de cœurs pris par le doute qu'à la fois les assauts de Satan sont de pratique très certaine et que les instruments en méritent très sévère châtiment, et ceci à l'encontre des damnables positions de deux individus principalement, nos contemporains, dont l'un, l'Anglais du nom de Scot[1], n'a vergogne aucune à nier dans ses écrits publiés que la sorcellerie existe bien, persistant, ce faisant, dans l'ancienne erreur des Sadducéens[2] qui niaient l'existence des esprits. Le second, du nom de Wier[3], médecin allemand[4], prend publiquement la défense de tous ces occultistes et, se faisant avocat de leur impunité, se révèle être, de

---

1. Reginald Scot, prosateur anglais, 1538/?-1599. Auteur de *The Discoverie of Witchcraft* (1584). Jacques I aurait fait brûler cet ouvrage qui connut un grand succès.

2. Jusqu'à la destruction du Temple, deux partis se sont opposés chez les Hébreux : les Pharisiens et les Sadducéens. Ces derniers, au sein desquels se recrutaient les principaux dignitaires du sacerdoce, ne croyaient pas à la résurrection des morts, pas plus qu'à la force du destin, aux anges ou aux démons. *Ac* 23:6-8.

3. Johann Wier/Weyer, médecin flamand, élève de Cornélius Agrippa, 1515-1588 (voir ci-dessous). Auteur de *De præstigiis dæmonum et incantationibus ac veneficis* (1563).

4. Le Roi qualifie d'allemand quiconque est originaire des Flandres, du Danemark ou de Germanie, voir ci-dessous notes 9-11.

toute évidence, l'un des leurs. Dans l'intention de rendre ce
traité plus agréable et abordable, je le présente sous forme de
dialogue en trois livres. Le premier traite de la magie en général et de la nécromancie en particulier. Le second, des sorts et
de la sorcellerie. Le troisième contient un discours sur toutes
ces sortes d'esprits et de spectres qui apparaissent et dérangent les personnes, ainsi que la conclusion de l'ensemble de
l'ouvrage[5].

Mon intention, dans cette œuvre, est simplement de prouver deux choses, comme je l'ai déjà dit : l'une étant que ces
pratiques démoniaques existent réellement, et ce de longue
date. L'autre stipule l'exacte sorte de procès et de châtiment
sévère qu'elles méritent. J'en examine par là-même ce qui peut
être accompli par ces pratiques et de quelles causes naturelles
cela découle, sans toutefois aborder le détail des manifestations spécifiques de la puissance du Diable, qui sont infinies,
mais simplement, pour parler en termes scolastiques, car
notre langue n'a pas les moyens de l'exprimer, j'argumente en
termes de *genus*, sans descendre jusqu'à *species* et *differentia*. Par
exemple, parlant du pouvoir des magiciens dans le chapitre six
du premier livre, je déclare qu'ils sont capables de se faire
apporter sur le champ toutes sortes de mets délicats par leur
démon domestique. Ceci parce que le voleur qu'il est prend
plaisir à dérober et, qu'en sa qualité d'esprit, il peut transporter son larcin de façon suffisamment subreptice et soudaine.
Sous *genus* peuvent donc se ranger tous les détails y afférant,
tels que faire sortir du vin d'un mur (pratique dont nous avons
souvent ouï dire) et autres choses semblables. Ces détails trouvent preuve suffisante dans les causes du général. Il en va ainsi
dans le second livre sur la sorcellerie en particulier, au chapitre
cinq. J'affirme et prouve, au moyen d'arguments divers, que
les sorciers sont capables, de par la puissance de leur maître,

---

5. Ces trois parties sont inspirées par le plan de l'ouvrage de Bodin, voir
note 7.

de guérir ou de susciter les maladies. Ces mêmes causes qui prouvent que leur pouvoir en matière de maladie en général dérive du Diable, démontrent tout autant leur pouvoir en des cas précis, comme, par exemple, celui d'affaiblir le tempérament de certains hommes pour les rendre impuissants devant les femmes ou d'exacerber ce tempérament chez d'autres bien au-delà du cours naturel des choses. Il en va de la sorte de toutes les autres et diverses maladies.

Mais il est un aspect que je te prierai d'observer dans toutes les occurrences qui m'amènent à raisonner sur le pouvoir du Diable : les différents buts et champs que Dieu, en tant que cause première, et le Diable son instrument, en qualité de cause seconde, visent et couvrent dans tous ces agissements du Diable (en tant qu'exécuteur des hautes œuvres de Dieu)[6]. Car là où l'intention du Diable y est de détruire soit l'âme, soit le corps, ou les deux selon la permission qui lui est donnée, Dieu, par effet contraire, tire toujours de ce mal de quoi augmenter sa gloire, soit par la destruction des méchants sous sa justice ou par l'épreuve imposée au malade et la guérison du fidèle, réveillé qu'il est par cette verge correctrice.

Maintenant que je t'ai fait part de mes intentions dans ce traité, tu excuseras volontiers, je n'en doute pas, mon omission autant de l'énoncé de la totalité des rites particuliers et secrets de ces arts illicites que de l'infinité de leurs prodigieuses pratiques, l'un et l'autre n'apportant rien à mon propos. La raison en est donnée dans la dernière partie du premier chapitre du livre trois. Quiconque se pique de curiosité en ce domaine pourra, s'il le désire, en lire davantage sur ces pratiques dans la *Démonomanie* de Bodin[7] où elles sont

---

6. *Is* 45:7. « Je forme la lumière et crée les ténèbres. Je fais la paix et crée le mal. Seigneur je suis et fais tout cela. »

7. Jean Bodin, magistrat, philosophe politique français, 1529/30-1596. Auteur de *La démonomanie des sorciers* (1580) ouvrage connu aussi sous le titre *Fléau des démons et sorciers*. Bodin, qui croit à la sorcellerie et la dénonce, s'oppose à Wier.

compilées avec plus grande diligence qu'elles ne sont rédigées avec discernement, ainsi que dans les aveux recueillis à ce jour[8].

Qui voudrait connaître l'opinion des Anciens sur leur pouvoir se reportera aux bonnes descriptions de Hyperius[9] et de Hemmingius[10], deux auteurs allemands récents, parmi d'innombrables autres théologiens modernes qui ont largement exploré le sujet. Et qui voudrait s'initier au détail des rites et curiosités de ces arts noirs (ce que je considère inutile et dangereux) trouvera ce qu'il cherche dans le livre quatre de Cornélius Agrippa[11] ainsi que chez Wier, déjà mentionné.

Et ainsi donc, cher lecteur, souhaitant que mes efforts pour composer ce traité portent fruit et arment tous ceux qui le liront contre les erreurs ci-dessus dénoncées, et recommandant ma bonne volonté à ton acquiescement amical, je te dis adieu du fond du cœur.

Jacques, Roi.

---

8. Allusion aux procès décrits dans les *Nouvelles*.

9. Andreas Gerardus (Hyperius), théologien et réformateur flamand, 1511-1564. Œuvre spécifique non déterminée.

10. Niels Hemmingsen, théologien danois, 1513-1600. Auteur de *Admonitio de superstitionibus magicis vitandis* (1575). Le Roi l'aurait rencontré à Kronborg (Elseneur) lors de son équipée nuptiale.

11. Heinrich Cornelius Agrippa, médecin et philosophe allemand, 1486-1535. Auteur de *De occulta philosophia* (1533).

Ces notes volontairement succinctes doivent renvoyer le lecteur aux ouvrages de Garin et de Easlea cités dans notre bibliographie. Les auteurs ci-dessus y sont remis en contexte dans le foisonnement des controverses qui agitaient les plus grands esprits de l'époque.

DÉMONOLOGIE[1]
sous forme de dialogue.

LIVRE UN

Contenant exorde général
et description de la magie en particulier.

---

1. δαίμων : Bailly, dans son dictionnaire grec, donne les définitions suivantes :

I 1 « dieu, déesse », 2 « un dieu, une divinité », 3 « destin, sort ».

II 1 « sorte de dieux inférieurs ; mauvais esprit ».

III « âmes des hommes de l'âge d'or », 2 « âmes des morts ; esprit que l'on peut évoquer, ombre », « génie attaché à chaque homme, à une cité… et qui personnifie son destin, bon génie, mauvais génie ».

Il donne comme origine (incertaine) δαίω : partager « celui qui distribue à chacun son lot, son sort ».

Pour ce qui concerne le Roi Jacques et ses nombreuses références aux textes sacrés, il faut mentionner que le mot δεισιδαιμονία (cf. Desdémone) qui, employé dans le Nouveau Testament, signifie « respect des dieux » ou « crainte superstitieuse des dieux, superstition ».

Pour *Ac* 17:22, la Bible de Jacques donne « too superstitious », alors que Segond et Jérusalem donnent un superlatif de « religieux ».

Pour *Ac* 25:19, La Bible de Jacques donne « superstition », alors que Second et Jérusalem donnent « religion ».

Les frontières sont floues.

CHAPITRE I

De la preuve par les Écritures,
que ces arts illicites in genere
ont été et peuvent encore être pratiqués.

PHILOMATHÈS et ÉPISTÉMON
débattent du sujet.

PHILOMATHÈS. Je suis assurément fort aise de te voir aujour-
d'hui car il m'est avis que tu pourras, mieux que tout autre
que j'aurais pu rencontrer, m'ôter du grand doute où me
plonge une question.

ÉPISTÉMON. Dans la mesure du possible, sur ce qu'il te plaît
de me demander, je te ferai volontiers et librement part de
mon opinion. Et s'il s'avère que je ne suis pas assez convaincant, c'est de très bon cœur que je m'effacerai devant un
meilleur argument.

Ph. Que penses-tu de cette surprenante rumeur qui est
aujourd'hui le seul sujet de conversation lorsque tous et chacun se retrouvent : je veux dire ces histoires de sorciers ?

É. Assurément cela dépasse l'entendement[2]. Il m'est avis que
jamais ailleurs et à aucune autre époque il n'y a eu à ce sujet
d'aveux aussi clairs et patents.

Ph. Tout est bien si c'est la vérité, mais les hommes de savoir
ont des doutes.

É. De quoi doutes-tu donc ?

Ph. De tout, pour ce qu'il m'en semble. Et principalement de
l'existence même des sorciers et de la sorcellerie. Je te prie
donc de m'éclairer à ce sujet si tu le peux car je m'en suis
ouvert à plusieurs et personne n'a jamais su me convaincre.

---

2. Allusion à l'affaire de la nuit des noces royales. Voir les *Nouvelles d'Écosse.*

É. Je vais faire de mon mieux et avec la meilleure volonté,
quoique j'estime ma tâche d'autant plus ardue que tu nies
la chose en général. S'il faut en croire ce qu'enseigne la
logique : *Contra negantem principia non est disputandum*[3]. Et
toujours, pour ce qui est de l'existence, d'hier à aujour-
d'hui, de la sorcellerie et des sorciers, les Écritures offrent
la preuve patente de l'existence de celle-la. Ceux-ci trouvent la leur dans la pratique courante et les aveux
recueillis.

Ph. Je sais que tu vas me citer la Pythonisse[4] de Saül, mais cela
ne devrait pas apporter beaucoup d'eau à ton moulin.

É. Pas uniquement cette référence. Il y en a bien d'autres.
Mais il m'étonne que cela n'apporte rien à mon moulin.

Ph. Voici pourquoi : d'abord tu peux te dire que Saül, l'esprit
égaré, sortait d'une longue abstinence comme l'atteste le
texte[4a] ; qu'il était venu consulter une femme réputée s'y
connaître en la matière en quête d'informations impor-
tantes ; qu'il se sentait coupable à cause de ses péchés
odieux et, tout particulièrement, de cette curiosité illicite et
de cette abominable apostasie[5]. Et la femme de se mettre

---

3. « Inutile de discuter avec qui réfute les principes. » La formule avait été
employée par Luther et publiée dans ses *Propos de table* en 1566, vingt ans après
sa mort. Il l'appliquait à ceux qui réfutent l'autorité de la Bible. Jacques I a probablement eu cet ouvrage entre les mains.

4. Le mot « pythonisse » n'apparaît pas avant la Vulgate. Cette référence à
l'oracle de Delphes est reprise par les pères de l'Église.

4a, 4b, 4c. Philomathès, tout comme le fera Épistémon dans sa réponse,
brode quelque peu à propos des circonstances de la consultation. Les pratiques contemporaines ont été transposées aux temps bibliques par maint exé-
gète. Le pythonisse d'En-dor, ventriloque à ses heures, a fait couler beaucoup
d'encre et de peinture. Voir ce qu'en dit Voltaire dans *La Bible enfin expliquée* ...

5. Saül avait banni « nécromants et devins ». I *S* 28:3. En cela il ne faisait
qu'obéir aux préceptes de Moïse, dont la liste rouge est exhaustive : *Dt* 18:9-
14. Dans les versets 18-20, Dieu revendique l'exclusivité de la nomination des
prophètes sous peine de mort. Mais c'est quand même par le truchement
d'une prophétesse consultée par les prêtres (Hulda) que le roi Josias entend la

soudain à pousser des cris, en grand étonnement à cause de
l'extraordinaire vision qu'elle affirme avoir eue, et de le
reconnaître en tant que roi sous son déguisement et en dépit
de ses dénégations[6]. Il n'est donc pas surprenant, dis-je, que
ses sens ainsi égarés, il n'ait pu se rendre compte qu'elle
contrefaisait sa voix, puisqu'il était dans une autre pièce et
ne voyait rien[4b]. Qu'est-ce qui fut ou put bien être évoqué ?
L'esprit de Samuel ? Profane et opposé à toute théologie. Le
Diable sous son apparence ? Improbable tout autant que
Dieu l'autorise à se manifester sous l'apparence de ceux qu'il
inspire (car alors les prophètes n'auraient jamais pu avoir de
certitude quant à la nature de l'esprit qui s'adressait à eux au
cours de leurs visions), ou que lui-même puisse prédire
l'avenir, car le don de prophétie vient de Dieu seul[7]. Le
Diable n'a pas connaissance des choses à venir.

É. Et pourtant, si tu t'attaches à la lettre du texte, tu t'aperce-
vras à l'évidence que Saül a bien vu l'apparition. Et en t'ac-
cordant que Saül était dans une autre pièce, lorsque furent
tracés les cercles et formulées les invocations, comme
l'exige la procédure (car aucun de ceux qui sont versés dans
cet art n'autorise quiconque à être alors présent[4c]) il n'en ressort pas moins du texte que dès que se manifesta pleinement cet esprit impur elle fit venir Saül. Le texte dit en effet
que « Saül alors reconnut Samuel, »[8] ce qui ne pouvait pas
être dû à la simple mention d'un vieillard en tunique,
puisque Samuel était loin d'être le seul vieillard décédé en
Israël. Dans tout ce pays, la tunique était le vêtement com-

parole de Yahvé II *R* 22:13-16. Et nous revoici revenu à l'oracle. Le serpent se
mord la queue.

6. I *S* 28:12.

7. Voir *Prophets* dans l'*Oxford Companion to the Bible*. Et aussi I *S* 9:11-19 où
Saül, qui va à la recherche de « l'homme réputé : tout ce qu'il dit arrive sûrement », découvre que cet homme est Samuel. L'interdiction viendra par la
suite. Saül l'enfreindra, à ses dépens.

8. I *S* 28:14.

munément porté. Pour la suite, à savoir que ce n'était point l'esprit de Samuel, je te l'accorde : il est inutile de s'obstiner à vouloir le prouver car les chrétiens de toute obédience sont d'accord sur ce point. Seuls le mettent en doute les ignorants purs et simples ainsi que les nécromants ou sorciers. Le fait que le Diable soit autorisé à prendre, à l'occasion, l'apparence des inspirés, est attesté dans les Écritures où il est dit que « Satan se déguise bien en ange de lumière. »[9] Ceci ne taxe aucunement d'incongruité les visions qu'eurent les prophètes dans la mesure où il est on ne peut plus certain que Dieu ne lui permettra pas de tromper les siens de cette façon, à l'exception de ceux qui commencent par se tromper eux-mêmes de propos délibéré en s'abouchant avec lui, lesquels Dieu laisse se prendre à leur propre piège et laisse à bon droit s'enferrer très efficacement dans l'illusion parce qu'ils ont refusé de croire en la vérité, comme le dit Paul[10]. Quant à la prédiction par le Diable des choses à venir, il est certain qu'il ne connaît point tout l'avenir, mais il en connaît néanmoins une partie, comme l'atteste l'aspect tragique de cette histoire, car aucune femme n'aurait eu assez de sens pour faire une telle prédiction[11]. Non qu'il ait une quelconque prescience, laquelle est apanage de Dieu, pas plus qu'il n'acquiert de connaissance par contemplation de Dieu, comme dans un miroir, à la manière des bons anges, puisque lui sont à jamais interdits la présence ou le soutien bénéfiques de son créateur, mais uniquement par l'un de ces deux truchements : l'expérience de la vie, nourrie au long des jours, depuis la création même, qui juge par analogie des choses à venir

---

9. II *Co* 11:14. Les anges sont dits « étoiles du matin », *Jb* 38:7. Dans une note à *Nb* 24:17, la Bible de Jérusalem dit que dans l'ancien Orient, l'étoile était le signe d'un Dieu. Voir Lucifer, note 57, Livre Trois, Chapitre V.

10. *Ga* 3:1-5 ; II *Th* 2:11-12.

11. I *Th* 2:12. Paul a été repris et développé par Tertullien dans le *De cultu feminarum*.

selon précédents et causes naturelles en fonction des vicis-situdes de ce bas-monde, ou bien Dieu, qui lui confie une tâche déterminée dont il est prévenu, ce qui semble avoir été le cas ici, et dont nous trouvons un équivalent dans les propos prophétiques tenus par Michée au Roi Achab[12]. Mais afin de démontrer cette première et présente propo-sition, à savoir l'existence de la sorcellerie et des sorciers, je dirais qu'il y a beaucoup d'autres sources dans les Écri-tures, outre celle-ci, comme mentionné précédemment. Primo, la loi de Dieu l'interdit expressément[13]. Et il est sûr que Dieu, dans sa loi, ne parle pas pour ne rien dire ; qu'il ne se répand pas plus en malédictions qu'il n'édicte de châtiment relativement aux ombres ; qu'il condamne comme maléfique ce qui n'a ni essence ni existence selon notre appellation. Secundo, il est patent que les mages malfaisants de Pharaon imitèrent un bon nombre des miracles de Moïse de façon à endurcir le cœur du tyran[14]. Tertio, Samuel n'a-t-il pas dit à Saül que « désobéissance vaut péché de sorcellerie » ?[15] La comparaison avec ce qui n'existerait point serait par trop absurde. Quarto, Simon le Magicien[16] n'était-il pas de la confrérie ? Quinto, qu'était donc celle qui avait un esprit python ?[17] Et j'en passe : il serait fastidieux de trop citer.

---

12. I *R* 22:23 « …l'Éternel a mis un esprit de mensonge dans la bouche de tous tes prophètes qui sont là … »

13. *Ex* 22:18 (17). C'est le célèbre « Tu ne laisseras point vivre une magi-cienne » mis en pratique un siècle plus tard au Massachusetts, en 1692, et en scène par Arthur Miller en 1953 (*The Crucible*/*Les Sorcières de Salem*).

14. *Ex* 7:8-14.

15. I *S* 15:23.

16. *Ac* 8:9-25. Cf. note 1, Livre Deux, Chapitre I.

17. *Ac* 16:16-18.

CHAPITRE II

Du péché de ceux qui s'adonnent à de tels arts ;
des types de dits arts ;
de ce qui incite d'aucuns à les pratiquer.

PHILOMATHÈS. Mais il m'étonne beaucoup que Dieu fasse
qu'un quelconque être humain, puisque fait à son image, se
laisse aller à si grossière et abjecte apostasie.

ÉPISTÉMON. Si l'être humain a été créé à l'image de son créateur[18], laquelle, perdue lors de sa chute, ne lui est rendue que
partiellement par une grâce réservée aux élus, tous ceux qui
perdent la grâce divine sont livrés au Diable, l'ennemi, et se
retrouvent à l'image de celui-ci. Une fois ainsi adonnés, plus
leur impiété s'avère grande et grossière, plus elle leur est
agréable et délicieuse.

Ph. Pourquoi ne se contenterait-il pas d'avoir pouvoir indirect
sur un grand nombre d'âmes et de concourir à leur perte en les
attirant vers les vices et les incitant à succomber à leurs appétits, au lieu d'abuser un moindre nombre de pauvres âmes en
faisant qu'elles reconnaissent directement en lui leur maître ?

É. C'est ainsi. Il utilise chacun des hommes qu'il tient en son
pouvoir selon leur nature et leurs connaissances. C'est à
ceux qu'il trouve les plus simples qu'il se manifeste le plus
clairement. L'ennemi du salut des hommes qu'il est a
recours à tous les moyens possibles pour les prendre si pleinement dans ses pièges qu'il leur est impossible par la suite,
à supposer qu'ils le désirassent, de s'en libérer.

Ph. Ce péché est donc un péché contre le Saint-Esprit[19].

É. Chez certains, mais pas chez tous.

---

18. *Gn* 1:26-27.
19. Péché sans rémission. *Mt* 12:31-32 ; *Mc* 3:29 ; *Lc* 12:10.

Ph. Comment est-ce possible ? N'existe-t-il pas un seul et
unique type de suppôts du Diable ?

É. À Dieu ne plaise, car le péché contre le Saint-Esprit est
bifide. D'une part c'est la négligence du service absolu dû à
Dieu ainsi que le rejet de tous ses préceptes. L'autre consiste
à accomplir ceci en toute connaissance de cause, sachant
que l'on porte préjudice à sa propre conscience et au témoignage du Saint-Esprit, après avoir goûté à la douceur des
grâces de Dieu[20]. Dans le premier type nous rangeons donc
toutes les espèces de nécromants, d'enchanteurs ou de sorciers, tandis que le second inclut seulement ceux qui mésu-
sent sciemment de cette connaissance, comme dit plus haut.

Ph. Il est donc patent que ses adeptes appartiennent à plus
d'un type, et s'il en va ainsi, je te prie de m'instruire de leur
nombre et de leurs caractéristiques.

É. Il en existe deux types principaux, auxquels se réduit la
totalité de cet art fâcheux. L'un s'appelle magie, ou nécromancie, l'autre se nomme sorcellerie[21].

Ph. Quels, je te prie, et combien sont les moyens dont dispose
le Diable pour faire tomber les hommes dans l'un de ses
pièges ?

É. Il s'agit des trois passions qui nous habitent : la curiosité
des grands desseins ; la soif de venger quelque tort qui
aurait causé profonde blessure ; l'appât du gain né du grand
besoin[22]. La première, qui est désir de connaître, n'anime
que mages ou nécromants. Les deux autres séduisent les
sorciers ou adeptes de la sorcellerie, car ce vieux reptile
rusé, lui-même esprit, espionne sans difficulté nos affections et s'y adapte de façon à nous tromper et nous mener
à notre perte.

---

20. *He* 6:5.

21. Le Roi emploie « Sorcerie or Witchcraft », dans cet ordre.

22. C'est le cas d'Agnes Sampson. Le bon chrétien devrait s'en tenir au
psaume 23 : « L'Éternel est mon berger : je ne manquerai de rien. »

CHAPITRE III

Du sens et de l'étymologie des mots magie *et* nécromancie ;
de la différence entre nécromancie *et* sorcellerie ;
de l'initiation et des premiers pas des adeptes.

PHILOMATHÈS. Il me serait agréable de t'entendre d'abord
me dire ce que tu appelles magie ou nécromancie.

ÉPISTÉMON. Le mot magie, en langue persane[23], se rapporte
en gros à l'activité de celui qui s'absorbe dans l'étude des
sciences divines et de celui qui les interprète. Cette activité,
qui trouve son origine chez les Chaldéens[24] (lesquels igno-
raient la vraie divinité) était tenue en grande estime et réputation parmi eux en tant que vertu majeure. Le mot se vit
donc injustement doté d'une acception honorable, que
reprirent les Grecs pour englober toute espèce d'art illicite.
Le mot nécromancie est d'origine grecque. Il est composé
de νεκρων (sic) et de μαντεια, ce qui revient à dire prophétie par le truchement des morts. Cette dernière appellation
est donnée à cet art noir et illicite par synecdoque, car l'essentiel de cet art les amène à utiliser des cadavres pour leur
divination.

Ph. Quelle différence y a-t-il entre cet art et la sorcellerie ?

É. Certes, la différence telle qu'on l'entend communément est
cocasse, et vraie en quelque sorte, car il est dit que les sorciers ne sont que serviteurs et esclaves du Diable, alors que
les nécromants en sont les maîtres et commandeurs.

---

23. *Magu* : enchanteur, nous dit le Roi ; prêtre, nous dit Alain Rey. Le vent
venait de l'est et il est depuis longtemps admis que c'est de l'Inde qu'est par-
venue aux religions de Palestine la notion d'immortalité de l'âme. Si le fait que
des hommes réincarnent celle-ci après la mort a été déclaré contraire aux
volontés de Dieu, œuvre donc des ouvriers de Satan, il est logique d'aller chercher le Diable là et là-bas. Voir note 21, Livre Deux, Chapitre III.

24. Voir les Rois Mages.

Ph. Comment, en vérité, celui qui se voue spécialement à son service peut-il avoir barre sur lui ?

É. Cela peut être, mais seulement *secundum quid*[25]. Car cela ne découle aucunement de quelque pouvoir qu'ils auraient sur lui, mais seulement *ex pacto*[26]. Ce faisant, grâce à quelques concessions insignifiantes qu'il leur fait fort obligeamment, il obtient par ailleurs la pleine jouissance de leur corps et âme, seuls objets de son appétit.

Ph. C'est un pacte bien inégal en vérité. Mais je te prie de m'exposer l'effet et les secrets de cet art.

É. C'est un bien vaste champ que tu me définis là. Mais c'est bien volontiers et le plus succinctement possible que j'en établirai les principaux aspects. De même qu'il existe deux sortes de personnes qui peuvent se laisser séduire par cet art, à savoir celles qui sont instruites et celles qui ne le sont pas, de même il y a deux moyens d'ouvrir et de nourrir leur curiosité de façon à les faire s'adonner au dit. Ces deux moyens sont ce que je nomme rudiments diaboliques. La curiosité de ceux qui ont de l'instruction est éveillée et nourrie par ce que j'appelle son école, où le jugement découle de l'astrologie judiciaire[27]. Divers hommes, ayant atteint la perfection d'un très haut degré de savoir, n'en restent pas moins, hélas, totalement dépourvus de l'esprit de renaissance spirituelle et de ce qui en découle. Tout ce qui est naturel est banal à leurs yeux comme à ceux des pédants bornés, et ils tentent de se donner plus grande réputation, non seulement par la connaissance du cours des objets célestes mais aussi par l'accession à celle des choses à venir par leur truchement. Ce qui, à première vue, leur paraît légi-

---

25. Par contrecoup.

26. « ex pacto allanerly », formule de droit : « suite à un accord ».

27. Voir *Astrologie* dans l'*Encyclopédie* de Diderot et d'Alembert. Il faut ajouter qu'à l'époque du Roi Jacques, médecine et astrologie étaient intimement associées. Rabelais s'en est gaussé dans ses *Almanachs*. Les soins et remèdes dispensés à North Berwick sont donc entachés de sorcellerie.

time puisqu'ils s'appuient exclusivement sur des causes naturelles. Leur illusion vient du fait que, s'apercevant qu'ils tombent assez souvent juste, ils se plongent dans l'étude des causes et, progressant de degré en degré sur le terrain glissant et peu sûr de la curiosité, ils finissent par se laisser convaincre, là où échouent arts et sciences légitimes, de satisfaire leur impatience en ayant recours à cette science noire et illicite qu'est la magie. Et là, ils découvrent assez vite qu'un savant dosage de toutes ces formes circulaires et autres invocations évoque suffisamment d'esprits divers pour les libérer de leurs doutes. Ils en attribuent le résultat à une puissance inséparable de ces cercles, ou qui leur est inhérente. Y mêlant nombre des diverses appellations de Dieu, ils se glorifient aveuglément d'avoir, comme par effet de la vivacité de leur génie, conquis le royaume de Pluton et d'être devenus empereurs des habitacles stygiens[28a]. Et, pendant ce temps-là, pauvres malheureux, les voici devenus en vérité esclaves de leur ennemi mortel. Leur savoir, quoiqu'ils s'en défendent, n'est en rien accru sauf dans la connaissance du mal, comme dans celle des châtiments que l'Enfer[28b] réserve à cet effet, de la même façon qu'Adam le fut après avoir goûté au fruit défendu[29].

28a, 28b. Le Roi passe allègrement d'un Enfer à l'autre. Tout comme Jean : *Ap* 20:14.

29. *Gn* 3.

CHAPITRE IV

De la description de l'enseignement et des rudiments
qui mènent à l'art de la magie ;
en particulier de la différence entre astronomie *et* astrologie ;
*de la division de l'*astrologie *en plusieurs parties.*[30]

PHILOMATHÈS. Mais, je t'en prie également, n'oublie pas de me présenter les rudiments du Diable.

ÉPISTÉMON. Par rudiments, j'entends tout d'abord et en général tout ce que l'on appelle vulgairement vertus des mots, plantes et minéraux, que l'on fait agir au moyen de charmes illicites, et non de façon naturelle. Il en va de même de toutes sortes de tours, manigances et autres agissements extraordinaires qui ne résistent pas à l'épreuve de la raison naturelle.

Ph. Je te presse de clarifier ce propos au moyen d'exemples précis car ta proposition reste très générale.

É. Je signifie par là les charmes du genre utilisés communément par des femmes sans cervelle pour délivrer du mauvais sort certains biens où animaux, pour les mettre à l'abri du mauvais œil ; les tresses de cormier ou de toutes sortes de plantes dans la crinière ou la queue des bêtes ; le pouvoir de faire passer les vers[31], d'arrêter les flux de sang, de guérir les chevaux boiteux, de faire tourner le sas ou d'accomplir d'in-

---

30. Shakespeare écrivait à la même époque, sonnet 14 :
Ce n'est point aux étoiles que je cueille mes pensées, / Et pourtant je crois avoir quelque science des astres : / Ce n'est point pour dire bonne fortune, prédire minutes brèves, / Annoncer pestes, famines ou le temps qu'il va faire : / Signifier à chacun tonnerre, pluie, ou vent, / Ou pour les princes trouver le bon augure / D'après les présages souvent lus dans le ciel…

31. Le ver solitaire, selon NR. Mais il pourrait tout aussi bien s'agir de n'importe quelle autre affection attribuée aux « vers ». En Écosse, on croyait que le mal de dents était dû à un ver. On a longtemps « fait passer les vers », par chez nous. Voir les cas Geillis Duncan et Agnes Sampson.

nombrables choses du même genre en récitant des formules, sans jamais appliquer le moindre remède approprié
à la partie atteinte comme le font les médecins ; ou bien
encore d'empêcher un couple d'avoir des rapports sexuels
en nouant un certain nombre de fois l'aiguillette au
moment des noces, et par toutes sortes d'actions du
même acabit auxquelles les hommes se livrent par jeu.
Lorsque des ignorants, par nature désireux de s'instruire
et dépourvus de la véritable connaissance de Dieu, voient
se réaliser ces pratiques, comme c'est le cas de nombre
d'entre eux sous l'effet des pouvoirs du Diable et non par
la vertu intrinsèque de ces vaines formules ou manigances, et lorsqu'ils veulent se forger une réputation en les
accomplissant eux-mêmes, ou bien les moins hardis
d'entre eux essaient d'apprendre auprès de ceux qui en
savent plus, ignorants qu'ils sont que le mal est déjà dans
le fruit, ou bien les plus obtus courent tout droit au
Diable par ambition et appât du gain et pactisent directement avec lui.

Ph. Il m'est avis que ce que tu ranges sous l'appellation d'enseignement et de rudiments du Diable, est parfaitement
licite et avéré depuis toujours et en toute époque. Je pense
en particulier à cette science dite astrologie, que l'on considère comme faisant partie de la mathématique[32].

---

32. Dans la Rome antique, un « mathématicien » est un magicien prati-
quant des rites interdits. Il précède le « sorcier » tel qu'on l'entend depuis. On
distinguait alors les géomètres des « mathématiciens » : ces derniers étaient
assimilés aux astrologues « chaldéens ». Tibère les bannit dans la deuxième
année de son règne (16) et en fit exécuter deux, selon Tacite : *Annales* II 32,3.
Suétone : *Tibère* 36, 3, « bannit également les astrologues mais leur pardonna
sur la promesse qu'ils lui firent d'abandonner leur art. » Vers 340 les empereurs Constant et Constance II décrètent que sera puni de mort tout « ...
mathématicien, astrologue, chercheur du ciel ... » Le code de Théodose II
(438) édicte que « tout citoyen romain convaincu de posséder un objet suscep-
tible de servir à ces arts interdits sera décapité ou livré aux bêtes ... ».

É. Il est deux choses que les doctes observent depuis les origines dans la science des corps célestes créés que sont planètes, étoiles etc. L'une, afférente à leur course ainsi qu'à leur mouvement ordinaire, prend pour cette raison le nom d'astronomie. Ce mot est composé de νομος et d'αστερον (sic), ce qui signifie « la loi des étoiles » cet art, en effet l'un des éléments de la mathématique est non seulement licite, mais on ne peut plus nécessaire et recommandable. L'autre, c'est l'astrologie, composé de αστερον et de λογος (sic), ce qui signifie « verbe » et « discours afférents aux étoiles. » Elle se divise en deux parties. La première, qui donne connaissance des propriétés des simples, des maux, du cours des saisons et du climat, est gouvernée par leur influence. Elle dépend du premier point, bien qu'elle ne fasse pas en elle-même partie de la mathématique. Elle n'a rien d'illicite[33] si l'on en use avec modération et semble moins nécessaire et recommandable que notre premier point. La seconde consiste à accorder si grande foi à leur influence que l'on en vient à prédire la prospérité ou le dépérissement de telle ou telle nation ; la personne à qui la fortune sourira ou non ; l'issue des batailles ; le vainqueur du combat singulier ; le moment et les circonstances d'un décès ; le cheval qui gagnera la course, et autant de choses incroyables à propos desquelles Cardan[34], Cornélius Agrippa et bien d'autres ont abondamment écrit, de façon plus anecdotique qu'enrichissante. De cette souche dont nous venons de faire état partent d'innombrables rameaux tels que la connaissance dérivée des dates de nais-

---

33. Aujourd'hui, certains partisans de l'interrelation entre microcosme et macrocosme différencient le « thème astral » (étude des signes, maisons et aspects planétaires) des « horoscopes » si répandus dans les médias, qu'ils relèguent dans la seconde catégorie telle que la définit le Roi. Le sceptique n'y verra qu'un distinguo.

34. Girolamo Cardano, médecin, mathématicien et philosophe italien, 1501-1576. Il aurait réussi à calculer le jour de son décès. Fut inquiété par l'Inquisition pour avoir établi le thème astral du Christ.

sance[35], la chiromancie[36], l'hydromancie[37], la géomancie[38], l'arithmomancie[39], la physiognomonie[40], et j'en passe des milliers, dont la pratique florissante était tenue en grand respect par les païens du temps jadis. Ce dernier aspect de l'astrologie dont j'ai parlé, d'où sont issues toutes ces branches, était connu d'eux sous le nom de *pars fortunae*[41]. Ce domaine, totalement illicite, n'est digne d'aucune confiance et ne doit pas être exploré par les chrétiens car il ne s'appuie sur aucune base raisonnable. C'est cet aspect que je viens de qualifier d'enseignement du diable.

Ph. Il n'en reste pas moins que nombreux sont les doctes qui ne partagent pas cet avis.

É. Je te l'accorde et je justifierai volontiers mon opinion en l'étayant même, sauf qu'entrer dans ce débat me ferait perdre de vue notre propos, et cela serait perte complète de temps. Rien qu'un mot à ce sujet : dans les Écritures, lesquelles sont terrain sûr pour tous les vrais chrétiens, le prophète Jérémie énonce clairement l'interdiction de croire ou d'écouter ceux qui prophétisent et prédisent en interprétant les cours des planètes et des étoiles[42].

---

35. La Roi Jacques ne mentionne pas le mot « horoscope », attesté en français dès 1512 et en anglais dès 1050 (*OED*). Il semble que le sens figuré, associé à la prédiction de l'avenir et du caractère des individus ne soit apparu que vers le milieu du XVIIIe siècle.

36. Attesté en anglais en 1528. Attesté en français en 1546 (chiromancien).

37. Attesté en anglais vers 1400. Rey est muet sur ce mot. Littré renvoie à Ambroise Paré, 151?-1590. Les sourciers en seraient-ils les héritiers ?

38 Divination par consultation du terrain.

39. Attesté en anglais en 1577. Rey renvoie à Cardan, 1550. Persiste aujourd'hui sous le vocable « numérologie ».

40. Rey date de 1565 l'arrivée dans l'usage français de ce mot « emprunté à Aristote. »

41. Lot ou part du sort/de fortune. Voir les étymologies de « witch » et de « sorcier » dans Note du traducteur 4, p. 32.

42. *Jr* 10:2. « Ne soyez pas terrifiés par les signes du ciel, même si les nations en éprouvent de la terreur … » : c'est affaire de païens. Aucune référence explicite aux astrologues.

CHAPITRE V

De l'usage licite ou illicite de charmes ;
de la description des cercles et évocations ;
de ce qui fait que les magiciens eux-mêmes s'en lassent.

PHILOMATHÈS. Eh bien, tu as été suffisamment explicite à ce
sujet. Mais alors comment prouves-tu que ces charmes ou
pratiques factices sont illicites ? Surtout que si nombreux
sont les hommes et femmes honnêtes qui, sans penser à
mal, ont eu publiquement recours à certains d'entre eux[43],
qu'il m'est d'avis que les accuser tous de sorcellerie serait en
faire trop pour être crédible.

ÉPISTÉMON. Je constate que si tu avais prêté bonne attention
à la nature de cette appellation que j'ai là illustrée, tu ne
serais pris de ce doute et tu ne m'aurais pas mal compris à
ce point car, de même que nul ne peut suivre un enseignement sans dépendre du maître, de même nul ne peut étudier
et appliquer (si l'étude en elle-même ainsi que la connaissance sont dangereuses, c'est la pratique seule qui fait crime)
les cercles et art de la magie sans commettre un affreux déni
de Dieu. Et ceux qui lisent et apprennent les rudiments ne
sont pas plus à la merci du maître quel qu'il soit, si leurs
parents décident de ne plus les envoyer à l'école par la suite,
que ceux qui, par ignorance, ont recours à ces subterfuges
que j'appelle rudiments du diable, ne sachant pas que c'est
l'appât qu'il jette afin d'attraper ceux que Dieu laissera tomber entre ses mains. Ces gens, dis-je, pour sûr, doivent recevoir meilleur jugement dans la mesure où ils n'invoquent
pas Satan ni ne sollicitent son aide (du moins à leur connaissance) pour leurs agissements et ne sont donc jamais devenus ses serviteurs. Mais à vrai dire, et pour ce qui me

---

43. Comme, par exemple, Barbara Napier et Euphame MacCalzean.

concerne (je ne parle que pour moi-même), je ne désire pas aller trop m'y frotter, car il m'est avis que notre ennemi est trop subtil et que nous sommes trop faibles, si nous manque la grande miséricorde divine, pour affronter ces chausse-trappes dans lesquelles il s'évertue à nous faire tomber.

Ph. En vérité tu as raison car, comme le dit l'adage : « On ne goûte la potée du Diable qu'avec une longue cuillère. » Maintenant je te prie d'aller plus avant dans ta description de l'art de la magie.

É. Une fois qu'ils ont atteint cette perfection dans le mal par connaissance, apprise ou non, de cet art noir, ils commencent à se lasser de l'évocation de leur maître au moyen de cercles magiques, difficiles et dangereux qu'ils sont, et ils en viennent à conclure directement un pacte avec lui, qui inclut dans le détail formes et effets.

Ph. Mais je te prie, avant de continuer, de m'entretenir quelque peu de leurs cercles et incantations. Et de me dire pourquoi ils s'en lassent, car il semblerait que cette façon de procéder soit moins épouvantable que le commerce direct avec cet esprit immonde et impur ou sa fréquentation.

É. À ce qu'il semble, tu me prends moi-même pour un sorcier à moins que tu ne sois prêt à professer apprentissage dans cet art. En tout cas, et dans la mesure de mon possible, je vais promptement te donner satisfaction pour ce qui est des façons d'évoquer contenues dans les grimoires que je dis être l'enseignement du Diable. Cela relève de quatre facteurs : les magiciens en personne ; l'évocation dans sa pratique ; les mots et rituels mis en œuvre dans ce but ; les esprits évoqués. Il te faut tout d'abord te souvenir du principe fondamental de ce que je viens de te dire, à savoir que les cercles magiques en eux-mêmes n'ont aucun pouvoir, pas plus que la sainteté des noms de Dieu ainsi blasphémés ; qu'aucun rituel, aucune cérémonie ayant alors lieu, ne peuvent faire apparaître un esprit infernal ou encore le contraindre à se cantonner à l'intérieur de ces cercles

magiques ou à l'extérieur[44]. Car c'est lui seul, père de tous les
mensonges[45], premier prescripteur de cette façon d'agir, feignant d'être lui-même soumis aux ordres et ainsi contenu,
qui répugnera à dépasser les bornes de ces injonctions et, de
surcroît, leur donnera gloire d'avoir prise sur lui, comme je
l'ai dit plus haut. Il en gagnera d'autant plus la confiance au
moyen de ces broutilles pour mieux les tromper une bonne
fois pour toutes en causant leur perte éternelle, corps et
âme. Ainsi, fondamentalement, comme je l'ai dit, ces évocations doivent réunir en personne un plus ou moins grand
nombre de magiciens (il en faut toujours plus d'un) selon les
propriétés du cercle magique et la forme de l'apparition.
Deux éléments ne sauraient faire défaut dans cette
démarche : l'eau bénite (car le Diable se gausse ainsi des
papistes) et l'offrande à lui faite d'une créature vivante. Il y
a, de même, certaines saisons, journées ou heures, qu'ils
observent à cette fin. Une fois toutes ces exigences satis-
faites et préparations accomplies, les cercles magiques sont
tracés, qui peuvent aussi bien être triangles, quadrilatères ou
cercles, simples ou doubles selon le genre d'apparition
recherchée. À propos des formes multiples des cercles
magiques, des innombrables croix et caractères tracés à l'intérieur et à l'extérieur ou n'importe où, des diverses sortes
de manifestations dont cet esprit malin les illusionne et des
détails de cet acte, je laisse au très grand nombre de ceux qui
se sont creusé la tête le soin de les décrire, car cela n'est que
vaine curiosité et ne mène à rien d'utile. Je m'arrêterai ici
pour dire que lorsque l'esprit évoqué apparaît, et ceci ne se
produit qu'après maintes manigances, longues prières et
nombre de marmonnements et chuchotements de la part
des magiciens à la manière du prêtre papiste qui expédie une
messe de chasse, dès lors, donc, qu'il apparaît, s'ils ont man-

---

44. Voir le *Faust* de Marlowe, I iii. Voir aussi les bois gravés.
45. *Jn* 8:44.

qué un iota de la totalité du rituel, s'ils ont mis le pied une seule fois à l'intérieur du cercle magique, effrayés qu'ils seraient par cette terrible apparition, il se rembourse alors en personne de cette dette qu'ils on contractée envers lui et dont ils auraient, autrement, différé le paiement : à savoir qu'il les emporte avec lui, corps et âme. Si cela ne leur est pas alors juste cause pour se lasser de ces formes d'évocation, je te laisse le soin d'en juger, eu égard à l'interminable peine qu'il faut se donner, au scrupuleux respect qu'il faut accorder aux heures et aux jours (voir plus haut), à l'aspect effrayant de l'apparition ainsi qu'au péril auquel ils sont à ce moment exposés s'ils dérogent en quoi que ce soit au rituel et formules magiques qu'ils sont tenus d'observer. Outre aussi que le Diable se réjouit de les amener à traiter avec lui de manière claire et sans détour, comme je l'ai déjà mentionné.

CHAPITRE VI

Du pacte qui lie le Diable aux magiciens ;
de sa division en deux parties ;
de la différence entre les miracles accomplis par Dieu
et ceux venant du Diable.

PHILOMATHÈS. Certes, il y a suffisamment de quoi le fuir plutôt que courir à lui plus franchement pour ceux, s'ils étaient sensés, à qui il s'adresse. Mais je te prie d'entrer dans le détail des tours dont ils usent une fois passés maîtres dans cet art.

ÉPISTÉMON. Dès le moment où il devient effectif, ce pacte implique formes et effets sous deux aspects, comme j'avais commencé à te l'expliquer si tu ne m'avais pas interrompu (car, le pacte étant contractuel, j'avais commencé à traiter de la partie relative au Diable quand il se lie à eux). Par formes, j'entends l'aspect qu'il prend ou la façon qu'il se donne de leur apparaître lorsqu'ils l'invoquent. Par effets, le détail des services qu'il s'oblige à leur rendre. Ces formes et effets auront plus ou moins d'importance compte tenu de l'habileté et de l'art du magicien. Pour ce qui est des formes et aux plus vils d'entre eux, il se fait devoir de répondre à leur appel, lorsqu'ils prononcent le nom approprié qu'il leur indique, soit sous l'apparence d'un chien, d'un chat, d'un singe ou d'un autre animal de ce genre, soit par une voix, sans plus[46]. Les effets consistent en la réponse qu'il donne à leurs demandes relatives à la guérison des maladies, leurs affaires domestiques, ou à toute vile requête qu'ils lui adressent. Pour ceux qui ont l'esprit plus curieux, il se fera un devoir de s'incarner dans un cadavre et d'en ressortir pour donner ses réponses relatives à l'issue des batailles, la situation des nations ou à toute question de même ampleur. Auprès de

---

46. Acte d'accusation MacCalzean (NR).

certains il est présent en permanence, dans le rôle de page. Il se laisse invoquer pendant un certain nombre d'années par le truchement d'une plaque, d'un anneau ou de tout autre objet semblable et facilement portable sur soi. Il leur donne le pouvoir de vendre ces talismans à d'autres et les prix en seront soit très élevés, soit bon marché, selon que mente ou parle vrai l'esprit qui y est enfermé. Non qu'en vérité tous les démons se doivent de mentir, mais ils abusent de la simplicité de ces malheureux devenus leurs disciples et leur font croire que, lors de la chute de Lucifer, certains esprits ont été projetés dans l'air, d'autres dans le feu, certains dans l'eau et d'autres dans la terre, éléments qu'ils habitent toujours. Ils échafaudent là-dessus l'idée que ceux du feu ou de l'air sont de meilleur aloi que ceux tombés dans l'eau ou la terre, ce qui n'est que balivernes et inventions attribuables à l'auteur de toutes les tromperies. Car ils ne sont point tombés à cause de leur poids, comme c'est le lot des solides qui se cantonnent dans un endroit donné : le principal de leur chute est affaire de qualité. Depuis leur déchéance de la grâce de Dieu au sein de laquelle ils furent créés, ils persistent et persisteront jusqu'au dernier jour à errer de par le monde en exécuteurs des hautes œuvres de Dieu pour lesquelles il les emploie. Et ceux d'entre eux qui ne sont point absorbés dans cette tâche doivent retourner dans leur prison infernale (comme le montre à l'évidence le miracle du Christ à Génésareth[47]) où ils fini-

---

47. *Mt* 8-9. En ces occasions, le Christ guérisseur a, dans l'ordre : purifié un lépreux de sa lèpre, remis sur pied le serviteur paralysé d'un centurion (à Capharnaüm), fait passer la fièvre de la belle-mère de Pierre, exorcisé quelques démoniaques par sa parole et guéri « ... tous les malades afin que s'accomplît ce qui avait été annoncé » (Is 53:5) « ... par Isaïe, le prophète : il a pris nos infirmités, et il s'est chargé de nos maladies. » Il a ensuite apaisé la tempête sur le lac, guéri deux démoniaques, un autre paralytique, une hémorroïsse, ressuscité la fille de Jaïrus, rendu la vue à deux aveugles, la parole à un possédé muet, lequel miracle fut ainsi commenté (9:34) par les Pharisiens : « C'est par le prince des démons qu'il chasse les démons. Matthieu poursuit (10:1) : Puis,

ront enfermés à jamais. Lorsqu'ils trompent leurs disciples de cette façon, ils le font en leur faisant croire qu'ils sont autant de princes, ducs et rois, chacun à la tête de légions, peu ou prou, ayant empire sur diverses parties et portions de la terre. Je ne nie point l'existence d'une certaine hiérarchie au sein des Anges du Ciel, et donc en leur sein avant leur chute ; mais qu'ils jouissent de la même depuis lors, ou bien que Dieu nous donne accès à la connaissance (par le truchement de démons damnés) de tels célestes et siens mystères qu'il choisirait de ne point révéler dans les Écritures[48] ou par la bouche des prophètes, je crois qu'aucun chrétien ne souscrira jamais à une telle hypothèse. Bien au contraire, pour ce qui est de tous ces mystères qu'il a enfermés sous le sceau de son secret, il nous sied de nous satisfaire d'une humble ignorance de choses qui ne sont pas indispensables à notre salut. Mais revenons-en à notre propos : ces formes, par lesquelles Satan se met au service des plus grands magiciens, sont tout aussi extraordinairement curieuses, que le sont leurs effets. C'est qu'il leur fait la faveur de leur enseigner les arts et les sciences, ce qui lui est aisé en fourbe intelligent qu'il est. Il leur apporte des nouvelles de toute partie du monde avec la célérité dont un esprit est facilement capable ; il leur révèle les secrets de tout un chacun à condition qu'ils aient été dits une fois, car il n'appartient qu'à Dieu de connaître les pensées, à l'exception de ce qui peut être déduit du comporte-

---

ayant appelé ses douze disciples, il leur donna le pouvoir de chasser les esprits impurs, et de guérir toute maladie et toute infirmité. » La référence, ici, est spécifiquement aux porcs qui se précipitent dans la mer (8:28-34). Voir note 50, Livre Deux, Chapitre V.

Il faut aussi noter que les hémorroïdes sont un châtiment divin de première grandeur, l'une des deux plaies, avec les rats, infligées par Dieu aux gens d'Ashdod : I S 5:6, 9. Pouvoir les guérir doit donc signifier être doté d'un pouvoir de cet ordre.

48. Une Sainte Écriture en cacherait-elle une autre ? Qui détient la clef de ces révélations qu'il vaut mieux que nous ignorions ? Dieu retiendrait-il des informations à l'intention d'un futur et meilleur truchement ?

ment pourvu que l'on soit suffisamment instruit dans l'art de la physiognomonie. Il fera que ses disciples gagnent subrepticement les faveurs des princes en leur faisant nombre de grandes prédictions, qui tiennent du vrai et du faux[49]. Toutes fausses, il perdrait toute sorte de crédit ; toujours ambiguës, elles sont comme étaient ses oracles. Il les fait aussi entrer en grâce auprès des princes en fournissant festins et mets délicats amenés en un clin d'œil des parties du monde les plus reculées. Il est vrai que nul ne doute que le voleur qu'il est utilise sa célérité (dont je viens de parler) pour si bien s'exécuter. De la même manière, il donnera l'illusion de protéger ses disciples au moyen de belles armées de cavaliers et de fantassins, de châteaux et de forteresses, mirages qui ne sont que vent, aisément suscités par un esprit, lequel est si proche de cette substance. De même, il leur enseignera nombre de tours de cartes, de dés et autres manipulations qui abusent les sens. Nombre aussi de pratiques du même acabit dont on trouve preuve chez beaucoup trop de gens de nos jours. Ceux qui connaissent l'Italien Scoto[50], toujours de ce monde, peuvent en témoigner. Il n'en reste pas moins que toutes ces choses ne sont qu'illusion, n'ont aucune réalité matérielle, comme l'étaient les faux miracles accomplis par les magiciens du Roi Pharaon lorsqu'ils imitaient Moïse[51]. Car telle est la différence entre les miracles venant de Dieu et ceux du Diable : Dieu est créateur et ce qu'il fait apparaître au moyen du miracle est réel. Ainsi le bâton de

---

49. Allusion indirecte peut-être à l'un des exécutés (1592) de cette chasse aux sorcières : Ritchie Graham. Ce personnage essentiel et très influent, jamais mentionné dans les *Nouvelles d'Écosse*, était en relations avec Barbara Napier et Bothwell, dont on sait que, cousin germain du Roi, l'accession au trône était envisageable. En cas de malheur…

50. Hieronymus Scot(t)o. Diplomate et prestidigitateur italien au service de princes allemands, il se produisit à la cour d'Élisabeth I. Les annales rapportent ses tours de cartes et de magie.

51. *Ex* 7:8-11.

Moïse[52], jeté au sol, se changea sans l'ombre d'un doute en vrai serpent, alors que lorsque le Diable (singeant Dieu) le fit contrefaire par ses magiciens, il trompa la perception des hommes et leurs bâtons n'en prirent que l'apparence et, le fait est connu, furent dévorés par l'autre[53]. Il n'y a pas à s'étonner de ce que le Diable puisse tromper nos sens puisque la preuve nous en est donnée quotidiennement par ces prestidigitateurs ordinaires qui peuvent, à nos yeux et à nos oreilles, faire passer cent choses pour ce qu'elles ne sont pas. Et maintenant, pour ce qui est de la partie du contrat relevant des magiciens, je redirai en un mot ce que j'ai dit précédemment : c'est la proie[54] que le Diable recherche en tout homme.

Ph. Tu m'en as, pour sûr, beaucoup appris sur cet art, si tout ce que tu m'as dit est aussi vrai qu'extraordinaire.

É. Pour ce qui est du vrai de ces actes, il sera facilement confirmé à quiconque voudra bien prendre la peine de lire diverses relations authentiques et s'enquérir d'exemples quotidiens. Quant à la véracité de leur possibilité, de leur existence et de leurs modalités, je suis confiant de n'avoir rien avancé qui ne soit étayé de critères de probabilité que je te laisse le soin de peser et de considérer. Je n'ai omis qu'une chose à propos de la conclusion du pacte qui peut ou bien être écrit avec le propre sang du magicien ou bien, après accord, concrétisé par la marque apposée par le maître en quelque endroit de son corps : c'est le cas chez tous les sorciers. Il arrive même qu'aucune trace visible ne subsiste[55].

---

52. *Ex* 4:2-4.

53. *Ex* 7:12. Il s'agit maintenant de la verge d'Aaron qui engloutit celles des magiciens d'Égypte.

54. I *P* 5:8.

55. L'absence de marque au moment de la fouille au corps n'est pas critère d'innocence dans ces procès (alors qu'elle garantit l'élection au premier tour : *Ap* 20:4). Les hommes, plus exigeants que Dieu, imposent l'ordalie. Le Roi, ici, reprend Bodin qui écrit que la marque du Diable peut ne pas être apparente chez les grands sorciers. Y en avait-il réellement une sur Fian ?

CHAPITRE VII

De la raison pour laquelle la magie est un art illicite ;
du châtiment réservé à ses adeptes ;
de ceux qui peuvent être reconnus coupables de ce crime.

PHILOMATHÈS. Tu as su faire apparaître l'aspect éminemment monstrueux et détestable de cet art. Je te prie cependant de me dire ce qu'il faut répondre à ceux qui soutiennent que cet art est licite, en dépit de tout ce qu'il a de maléfique selon toi.

ÉPISTÉMON. Je dirais qu'ils mangent eux-mêmes de ce pain-là, ou ne valent guère mieux, et pourtant j'aimerais bien connaître leurs arguments.

Ph. Il en est deux principalement dont j'ai ouï dire la pratique, outre celui qui s'appuie sur l'adage qui veut que les nécromants commandent au Diable, et que tu as réfuté plus haut. Le premier s'appuie sur l'usage courant, le second sur une autorité que d'aucuns estiment infaillible. L'usage nous montre que divers princes et magistrats chrétiens, qui punissent sévèrement les sorciers, non seulement tolèrent la présence de magiciens sur leur territoire mais encore prennent plaisir à les voir pratiquer leur science. L'autre argument remonte aux Écritures, lesquelles mentionnent expressément que Moïse avait été instruit « dans toutes les sciences des Égyptiens ». Et il ne fait aucun doute que celle-ci était l'une des principales[56]. Agréable à Dieu qu'il était en dépit de son art, il en découle que cet art exercé par un homme de Dieu tel que lui, ne pouvait être illicite.

---

56. *Ac* 7:22. Par ailleurs, le livre de l'Exode dit que l'Éternel charge Moïse de ses pouvoirs (qu'Aaron met en pratique). Voir notamment *Ex* 7:1-3, et toute l'histoire des Sept Plaies qui suit, de 8 à 11. Aussi *Nb* 21:8.

É. Du premier de tes arguments, appuyés sur l'usage, je dirai que coutume maléfique ne saurait faire bonne loi car la très grande ignorance de la parole divine chez certains princes et magistrats, le mépris dans lequel d'autres la tiennent, les poussent à faillir gravement à leur charge en ce point. Quant à l'autre argument, qui semble avoir davantage de poids, s'il était exprimé sous forme de syllogisme, il requerrait plusieurs termes et serait empreint de sophismes (pour parler en termes de logique) tout d'abord à propos de la majeure qui pose que Moïse avait été élevé dans toutes les sciences des Égyptiens, d'où l'on déduit qu'il a aussi appris la magie. Je n'en vois pas la nécessité. Il nous faut comprendre que l'esprit de Dieu, en ce cas, à propos de sciences, discerne celles qui sont licites, car si elles ne le sont pas elles sont *abusive*[57] qualifiées de sciences, alors qu'elles ne sont réellement qu'ignorances : *Nam homo pictus, non est homo*[58]. Secundo, si l'on accepte qu'il en ait été instruit, il existe une grande différence entre connaître une chose et la pratiquer (comme je l'ai déjà dit) car Dieu, qui est toujours bon, connaît tout alors que c'est de notre péché et de notre fragilité que procède notre ignorance. Tertio, à supposer qu'il ait à la fois étudié et pratiqué la chose (ce qui est plus que monstrueux à croire pour tout chrétien) nous savons parfaitement bien qu'avant même que l'esprit de Dieu appelât Moïse, celui-ci avait fui l'Égypte avant d'avoir atteint l'âge de quarante ans parce qu'il avait tué un Égyptien[59]. Au pays de Jethro, son beau-père, avant de s'arrêter devant le buisson ardent[60], il avait séjourné quarante autres années en exil. À supposer

---

57. En latin dans le texte.

58. « Image n'est pas homme. » La référence immédiate est probablement au *Livre des Martyrs*, de John Foxe (1583) sous la forme « Homo pictus est non homo, as the scholes say … » Mais on peut remonter au *De dialectica* de Saint Augustin et au *De conceptu virginali* de Saint Anselme.

59. *Ex* 2:11-14

60. *Ex* 3:2-4.

donc qu'il eût été le plus pervers des hommes sur cette terre auparavant, il s'est quand même transformé et régénéré. Très peu de l'ancien Moïse demeurait donc en lui. Abraham était idolâtre à Ur[61] et en Chaldée, avant d'être appelé[62]. Paul, appelé sous le nom de Saül, était l'un des plus acharnés persécuteurs des saints de Dieu jusqu'au au moment où le nom fut changé.

Ph. Quel châtiment penses-tu que méritent ces magiciens et nécromants ?

É. Le même, sans doute aucun, que celui que méritent sorciers et sorcières. Et même un beaucoup plus sévère car leur erreur procède d'un plus grand savoir et se rapproche d'autant plus du péché contre le Saint-Esprit. Et ce que je dis d'eux, je le dis aussi de tous ceux qui les consultent, les font mander, les entretiennent et les tolèrent, vu la fin misérable de ceux qui leur demandent conseil. Le Diable, en effet, n'a jamais de meilleures nouvelles à apporter à quiconque que celle dont il fit part à Saül[63] ; il n'est pas non plus licite d'avoir recours à des moyens aussi illicites, fût-ce pour la meilleure des fins, car est infaillible et à toute épreuve l'axiome de la théologie qui dit : *Nunquam faciendum est malum ut bonum inde eveniat* [64].

---

61. *Gn* 11:28-31, 15:7. *Ac* 7:2-4.

62. *Jos* 24:2-3.

63. Voir les derniers mots de l'esprit de Samuel, évoqué par la magicienne d'En-dor, qui dit à Saül : « Tu n'as point obéi à la voix de l'Éternel … (qui) … livrera Israël avec toi entre les mains des Philistins. Demain, toi et tes fils vous m'aurez rejoint … » I *S* 28:18-19. Ils furent occis le lendemain.

64. Voir le texte latin de *Ro* 3:8 (NR). La formule se retrouve dans le Catéchisme de l'Église Catholique, issu de Vatican II : « *Nunquam licet malum facere ut eo bonum proveniat* », III 3:3, §1789. Thomas d'Aquin, reprenant Saint Augustin, a traité la question dans sa *Somme Théologique* Ia, II, ainsi que dans *contre les Gentils* III.

DÉMONOLOGIE

LIVRE DEUX

*Où il sera question de sorts
et de sorcellerie
en particulier*

CHAPITRE I

De la preuve par les Écritures que la chose est possible ;
de la réfutation de tous ceux
qui ne veulent y voir qu'effet de l'imagination
et humeur mélancolique.

PHILOMATHÈS. Et maintenant que tu m'as si pleinement satisfait pour ce qui est de la magie et de la nécromancie, je te prie de m'éclairer de la même façon sur la sorcellerie.

ÉPISTÉMON. C'est également un domaine très vaste à propos duquel beaucoup parlent et écrivent alors que rares sont ceux qui en connaissent le fin mot autant qu'ils veulent bien le croire, comme je vais aussi brièvement que possible tenter de te le faire très facilement comprendre, si Dieu le veut.

Ph. Mais avant de poursuivre, permets-moi de t'interrompre ici pour une brève digression : nombreux sont ceux qui ont du mal à croire que la sorcellerie existe. Je vais t'en donner succinctement les arguments pour que tu me satisfasses autant à ce propos que tu l'as fait pour le reste. Primo : alors que les Écritures semblent établir la preuve de l'existence de la sorcellerie au moyen de divers exemples et particulièrement de plusieurs similaires à ceux que tu as cités, certains estiment que ce sont là des références spécifiques aux magiciens et nécromants, sans rapport avec les sorciers. En particulier : les mages du Pharaon qui contrefaisaient les miracles de Moïse sont qualifiés de magiciens et non de sorciers ; la pythonisse que Saül alla consulter ; Simon le Magicien dans le Nouveau Testament[1], comme son nom l'indique. Secundo : là où tu m'opposerais les pratiques quo-

---

1. *Ac* 8:9-13. Simon se convertit et tenta d'acheter à Pierre son don de faire des miracles (simonie). Il tomba de trop haut lors d'un exercice de lévitation, et mort s'en suivit.

tidiennes et les si nombreuses confessions, il est de même estimé qu'il ne s'agit que d'élucubrations très mélancoliques de la part de pauvres déments. Tertio : si leur art donnait effectivement aux sorciers le pouvoir de causer la mort des gens, comme ils affirment en être capables, il y a belle lurette qu'il ne resterait plus personne en vie sur terre qu'eux-mêmes car, pour le moins, aucune personne pieuse et bonne, quelle que fût sa condition, n'aurait pu échapper à leurs diableries.

É. Tes trois arguments, tels que je les conçois, s'appuient, le premier *negative*[2] sur les Écritures ; le second *affirmative*[2] sur la physique[3] ; le troisième, sur la preuve par l'expérience. Dans le premier cas, il est patent en effet que tous ces mages du Pharaon étaient passés maîtres dans l'art de la magie ; il est évident que la pythonisse consultée par Saül le pratiquait de même, tout comme Simon le Magicien. Tu as pourtant omis de mentionner la loi de Dieu qui interdit clairement et menace de châtiment tous les magiciens, devins, enchanteurs, sorciers, sorcières et autres du même acabit qui auraient commerce avec le Diable[4]. En outre, celle qui, dans les *Actes*[5], avait l'esprit de Python qui fut réduit au silence par l'apôtre[6], ne pouvait guère être autre chose qu'une authentique sorcière (si tu admets le distinguo populaire)[7]

---

2. En latin dans le texte

3. La médecine.

4. Le premier de ces nombreux interdits se trouve dans la partie du *Lévitique* qui traite des lois religieuses, cérémonielles et morales. *Lv* 19:31. L'Éternel ne souffre pas la concurrence pour ce qui est de la manifestation de sa puissance en ce bas monde. L'accomplissement de prodiges et miracles, privilège d'auteur, est réservé aux ayants droit. Dieu seul délègue et reconnaît les siens. Il l'avait déjà fait savoir par le truchement du code d'Hammurabi, dix-huit siècles avant notre ère en punissant de mort la sorcellerie.

5. *Ac* 16:16-18.

6. Paul.

7. Le Roi Jacques écrit « … could be no other thing but a verie Sorcerer or Witch, if you admit the vulgar distinction …»

en parfaite illustration de mon propos dans la première partie de notre entretien[8]. Car cet esprit grâce auquel elle avait fait gagner tant d'argent à son maître[9], n'obéissait ni à ses invocations ni à ses commandements selon ses désirs, mais s'exprimait par sa langue autant en public qu'en privé[10]. Elle n'en paraît que plus proche des démoniaques, ou possédés, si le lien qui les unissait n'est pas de son fait, étant donné qu'elle ne semble pas en avoir souffert et que les gains réalisés allaient à ses maîtres, comme je l'ai déjà dit. Ton second argument relève de la médecine en ce qu'il attribue leurs aveux ou élucubrations à une mélancolie naturelle. Quiconque se plaît à réfléchir médicalement sur la mélancolie naturelle, comme s'accordent à le penser tous les médecins ayant jamais écrit sur cette humeur, découvrira que cela s'avère être une cape trop courte sous laquelle dissimuler leur fourberie. La mélancolie est en elle-même une humeur noire, lourde et liée à la terre, comme en témoignent les symptômes constatés sur ceux qui en souffrent, à savoir : maigreur, pâleur, recherche de la solitude ; et, une fois atteint son plus haut degré, idiotie pure et simple et démence. Alors qu'au contraire, un grand nombre de ceux qui ont été convaincus de sorcellerie ou l'ont avouée, comme on peut le constater sur beaucoup de ceux qui passent aujourd'hui aux aveux, sont plutôt riches, dis-je, et à l'aise dans le monde, et même, pour certains, bien gros et

---

8. Livre Un, Chapitre III.

9. La Bible du Roi Jacques emploie deux fois « masters », au pluriel. La *Démonologie* emploie d'abord « Master », ici, et « masters » dans la phrase suivante. L'emploi des majuscules, outre l'usage établi à l'époque, n'y est pas toujours rigoureux.

10. Les seuls propos d'elle que rapportent les Écritures sont : « Ces hommes (Paul et Silas) sont les serviteurs du Dieu Très-Haut, et ils vous annoncent la voie du salut. » Si le Diable reconnaît ceux qui parlent vrai, pourquoi le faire taire ou le chasser ? Ironie ? Dans l'épisode des possédés de Génésareth (*Mt* 8:29) il en va de même.

gras[11] ; la plupart d'entre eux s'adonnent aux plaisirs de la chair, recherchent sans cesse la compagnie de leurs semblables ainsi que toutes sortes d'amusements, licites et illicites, ce qui est à l'opposé des symptômes de la mélancolie tels que je viens de les exposer. L'expérience quotidienne montre, en outre, qu'ils rechignent à avouer avant de subir la question, ce qui est preuve de culpabilité, alors qu'au contraire les mélancoliques ne peuvent s'empêcher de se révéler dans le flot de leurs paroles, alimentant ainsi leur état qu'ils estiment ne pas être criminel. Ton troisième argument ne mérite guère que l'on s'attache à y répondre. Si le diable leur maître avait la bride sur le cou, comme nous l'enseignent les Écritures, et à supposer qu'il n'y ait ni hommes ni femmes disposés à être ses instruments, il imaginerait suffisamment de façons de tourmenter le genre humain tout entier à lui tout seul, ce à quoi il s'emploie à plein temps, « rôdant comme un lion rugissant », comme le dit Pierre[12], mais les limites de son pouvoir ont été fixées avant que ne fussent établies les fondations du monde, ce contre quoi il n'a aucun pouvoir d'aller. Outre tout ceci, très forte est la probabilité de prouver qu'ils sont bien, de par l'expérience quotidienne du mal qu'ils causent à la fois aux hommes et à leurs biens, ceux à qui Dieu permettra d'être ces instruments de tourment ou de possession, comme tu vas bientôt pouvoir le constater dans mon discours sur cet art.

---

11. Napier et MacCalzean, respectables matrones. Taffetas et velours, par métonymie, dans les aveux (NR).

12. I *P* 5:8.

CHAPITRE II

De l'étymologie et du sens du mot sorcellerie[13] *;*
des premiers pas et de l'apprentissage
de ceux qui s'adonnent à cet art.

PHILOMATHÈS. Alors, je t'en prie, reprends là où tu t'es arrêté.

ÉPISTÉMON. Sorcellerie est un mot latin lié au « tirage au sort. » Par conséquent, l'adepte en est appelé *sortiarus a sorte*. L'autre mot n'est rien d'autre qu'une appellation propre à notre langue. La raison pour laquelle ceux qui la pratiquent étaient appelés *sortiarii* est relative à leurs pratiques apparemment liées au jeu de la fortune ou du hasard. Par exemple le fait de tourner le sas, de savoir quelle prière formuler, ou encore de savoir si un malade va survivre ou mourir. Généralement, ce nom leur est donné parce qu'ils font usage de charmes et de sortilèges qui leur viennent de leur art. Ils partagent beaucoup de leur art et de leurs pratiques avec les magiciens car ils sont, les uns comme les autres, au service du même maître. Seule la manière diffère. De même que j'ai réparti les nécromants en deux types, à savoir les savants et les ignorants, je me dois aussi de diviser ceux-ci en deux autres : les riches, mieux considérés, et les pauvres, de moindre titre[14]. Ces deux degrés chez les pratiquants de cet art correspondent aux appétits qui les poussent, lesquels, comme je viens de te le dire, ont été utilisés par le diable pour les induire à le servir. Ceux d'entre eux qui souffrent misère et sont en grande pauvreté, il les séduit en leur promettant fortune et

---

13. « Sorcery », dans l'original.

14 Les humbles : Sampson, Duncan ; les grandes dames : Napier, MacCalzean.

aisance en ce monde[15a]. Ceux qui, bien que riches, brûlent d'un désir forcené de revanche[15b], il les séduit en leur laissant entrevoir une issue favorable et pleinement satisfaisante. Il faut remarquer que notre vieil et rusé ennemi ne s'attaque à quiconque, réduit en serait-il à ces deux extrêmes, à moins de trouver chez lui un accès qui lui soit propice, que ce soit la grande ignorance des individus auquel il a affaire, associée à une vie dissolue, ou bien leur dédain et mépris de Dieu. Lorsqu'il les trouve prêts à tout pour l'une ou l'autre des raisons que je viens d'exposer, il commence par flatter fort adroitement leur humeur et les emplir d'une rage de plus en plus grande jusqu'au moment propice où il se révélera à eux. C'est alors, soit qu'ils battent la campagne dans la solitude ou qu'ils gardent la chambre à ruminer[16] (mais toujours en absence de compagnie), qu'il prend voix ou apparence humaine et s'adresse à eux pour savoir ce qui les afflige. Il leur promet remède immédiat et assuré à condition que, de leur côté, ils agissent selon ses directives et fassent ce qu'il leur demande. L'esprit ainsi préparé, comme je viens de le dire, ils accèdent facilement à cette exigence et bientôt prennent date pour une autre rencontre. C'est alors, avant de poursuivre, qu'il les convainc de se vouer à son service. Ceci facilement obtenu, il se révèle à eux pour ce qu'il est ; les fait renoncer à leur Dieu et au baptême sur le champ ; leur impose sa marque en un endroit caché de leur corps qui persiste sous forme de plaie douloureuse non guérie jusqu'à leur prochaine rencontre et restera insensible par la suite quoique l'on y fasse en matière de pincement ou de piqûre. La preuve en est faite chaque jour[17]. Il

---

15a, 15b. Le Roi reprend ici les termes des aveux d'Agnes Sampson et s'inspire, là encore, de la situation de Barbara Napier ou d'Euphame MacCalzean.

16. Le Roi reprend *verbatim* l'acte d'accusation du Docteur Fian, alinéa 1.

17. Lors de l'application de la question.

leur donne, ce faisant, la preuve qu'il est capable de les bles-
ser et de les guérir, de sorte que, par la suite, dépende nécessairement de lui, et en totalité, leur bonne ou leur mauvaise
santé. En outre, l'intolérable douleur qui leur vient de cet
endroit où il a imprimé sa marque sert à les maintenir en
alerte, les prive de tout repos jusqu'à leur prochaine rencontre, de crainte qu'autrement ou bien ils ne l'oublient,
novices et insuffisamment maîtres qu'ils sont de cette folie
démoniaque, ou bien, se souvenant de l'horrible pacte qu'ils
ont fait avec lui lors de la dernière rencontre, qu'ils ne soient
rebutés et le pressent de les en libérer. Lors de la troisième
rencontre, il prend bien soin de tenir ses promesses, soit en
leur enseignant comment prendre leur revanche, s'ils sont
de cette catégorie, soit en les instruisant dans les voies les
plus viles et illicites leur permettant d'acquérir fortune ou
biens de ce monde, s'ils appartiennent à l'autre type.

CHAPITRE III

De la division des agissements des sorciers en deux parties
à savoir ceux qui les touchent en propre
et ceux qui touchent les autres ;
de la forme de leurs assemblées et du culte de leur maître.

PHILOMATHÈS. Maintenant que tu t'es suffisamment étendu sur leur admission dans cet ordre, il te reste à exposer les pratiques auxquelles ils s'adonnent une fois initiés, car je suis désireux de connaître ce qu'il leur est réellement possible d'accomplir.

ÉPISTÉMON. Bien qu'ils servent le même maître que les nécromants, comme je l'ai dit précédemment, ils le servent pourtant d'une autre façon. Si sont variés les moyens qui les induisent à pratiquer ces arts illicites au service du Diable, de même sont variées les pratiques qui correspondent aux moyens que le Diable a d'abord utilisés avec eux. Tous tendent à une même fin : étendre la tyrannie de Satan et faire obstacle à la propagation du royaume du Christ, dans toute la mesure des capacités de l'une ou l'autre engeance ou du Diable, leur maître. Alors que les magiciens, sous l'aiguillon de la curiosité, recherchent dans la plupart de leurs pratiques principalement la satisfaction de celle-ci ainsi que le gain pour eux-mêmes d'une grande réputation et considération, les sorciers, à l'opposé, étant soit poussés par leur désir de vengeance soit par leur soif des biens de ce monde, ont des pratiques totalement orientées vers le mal infligé aux hommes et à leur bétail ou possessions par pure cruauté mentale de leur part, ou pour la destruction sous quelque sorte que ce soit de tous ceux sur qui Dieu leur laisse avoir prise, afin de satisfaire leur avidité en ce second domaine ; nous distinguerons, d'une part, les agissements qui les touchent en propre et, d'autre part, ceux qui touchent aux autres. Cette distinction, si elle est bien perçue, te permettra facilement de juger de ce qu'il leur est possible d'accomplir. Bien que tous leurs aveux ne soient pas mensonges de leur part, je n'en pense pas moins qu'une partie ne correspond pas à ce qu'ils croient. Je fais ici allusion aux agissements qui leur sont propres. Je l'ai dit précédemment lorsque j'ai parlé de la magie : le Diable illusionne ses disciples de diverses manières et il en va de même pour les sorciers.

Ph. Alors, je t'en prie, parle-moi de ceux qui les touchent en propre et passe ensuite à ceux qui touchent les autres.

É. Afin qu'ils rendent les services demandés par leur faux maître, ce pour quoi il les emploie, le Diable singe Dieu et, en ses serviteurs, parodie ce service et cette forme de culte que Dieu a prescrits et fait pratiquer par ceux qui le servent. De même que ceux qui servent Dieu se rassemblent en public pour son service, de même fait-il en sorte de susciter de grands rassemblements d'adeptes, encore que ceux-ci n'osent pas le faire en public. De même que nul ne se réunit pour le culte et l'adoration de Dieu, qui ne soit marqué de son sceau, c'est-à-dire du sacrement du baptême, de même nul ne sert Satan et ne se réunit pour son culte, qui ne soit porteur de sa marque, dont j'ai déjà parlé. De même que le ministre envoyé par Dieu enseigne clairement lors de leur réunion publique la façon de le servir dans l'esprit et la vérité, de même cet esprit impur en personne enseigne-t-il à ses disciples, lors de leurs réunions, la façon de faire toute sorte de mal et demande-t-il compte des affreuses et détestables manigances accomplies pour le servir. De plus, afin de se moquer de Dieu et de le parodier encore plus activement, il fait souvent se réunir ses adeptes dans ces lieux mêmes qui sont destinés et consacrés à la réunion des serviteurs de Dieu : les églises. Tout ce que je viens d'exposer, non seulement j'estime qu'ils y croient fermement mais aussi que c'est bien réel. Quant à la forme utilisée pour contrefaire Dieu au sein des Gentils, elle m'inspire ce qui suit : si Dieu s'est exprimé par le truchement d'inspirés, pourquoi lui ne s'exprimerait-il pas ainsi ? Si, à Dieu il y avait tout autant des sacrifices faits où coulait le sang[18] et des sacrifices où il ne coulait pas, pourquoi n'y en aurait-il faits à lui ? Si Dieu avait des églises consacrées à son service, des autels, des prêtres, des sacrifices, cérémonies et prières, pourquoi n'aurait-il pas les mêmes, entachés, à son service ? Si Dieu transmettait ses réponses par *urim* et *thummim*[19] interposés, pourquoi ne donnerait-il pas réponse dans les viscères des animaux, le chant des oiseaux et leurs déplacements dans l'air ? Si Dieu, par l'intermédiaire de visions, de rêves et d'extases a fait connaître l'avenir et sa volonté à ses serviteurs, pourquoi n'aurait-il pas recours aux mêmes moyens pour que ses suppôts soient avertis de l'avenir ? Si Dieu aimait la pureté, haïssait le vice et la tache, prévoyant des châtiments appropriés, pourquoi n'aurait-il pas recours aux mêmes (mais à faux, je le concède, tout en s'abstenant des plus anodins de façon à les amener à un plus fort) et ne pousserait-il le faux-semblant, je l'affirme, jusqu'à exiger de ses prêtres qu'ils gardassent leurs corps purs et sans tache avant de tenter d'obtenir de lui des réponses ? Et n'a-t-il pas contrefait Dieu en se faisant protecteur de toute vertu et juste pourfendeur de leur contraire ? C'est ce qui m'amène à penser qu'étant aujourd'hui le même Diable, tout aussi rusé qu'hier, il ne se privera pas d'apparaître dans ces agissements dont je viens de parler, pour ce qui touche à la personne des sorciers. De plus, les sorciers avouent souvent non seulement sa présence parmi eux dans l'église, mais aussi sa présence en chaire, et même leur forme d'adoration qui consiste à lui

---

18. Le *Lévitique* donne de nombreux exemples de tels sacrifices : 3:1-17 ; 7:11-38 ; 10:12-15 ; 22:17-25.

19. Maniement des sorts, apanage des lévites. Consultation par l'éphod. Ces deux mots, dont la signification est controversée, apparaissant une dizaine de fois dans l'Ancien Testament. Voir à ce sujet *The Oxford Companion to the Bible*. La Bible de Jérusalem ne les traduit pas, celle de Segond non plus.

baiser l'arrière-train[20]. Ceci peut sembler ridicule mais n'en est pas moins vrai, vu ce que l'on lit des pratiques de Calicut[21] où il est apparu sous la forme d'un bouc et s'est fait rendre publiquement cet hommage honteux par tous ceux qui étaient là. Il a tant d'ambition, une telle soif d'honneurs (ce qui le conduisit à sa perte) qu'il ira même jusqu'à imiter Dieu comme dans le cas où il est dit que Moïse ne pouvait voir Dieu que « par derrière, si éclatante était sa gloire. »[22] Lesquelles paroles n'étant dites qu'en pure $\alpha\nu\theta\rho\omega\pi\omega\pi\alpha\theta\epsilon\iota\alpha\nu$[23] (sic).

---

20. Le baiser sodomite est mentionné dans la déposition de Fian (alinéa 5).

21. En 1606, une fois la Conspiration des Poudres déjouée, le Roi Jacques s'adressa solennellement aux deux chambres du Parlement réunies et déclara notamment qu'à la différence des catholiques romains, les « ...Heretiques, not excepting Turk, Jew, nor Pagan, not even those of Calicute who adore the Devil... » ne prônaient pas l'assassinat politique pour des causes religieuses. Voir *The Kings Book* pour la totalité des textes relatifs à cette affaire. Le rapprochement est curieux entre la célébration, le 5 novembre, de cet anniversaire connu en Grande-Bretagne sous le nom de Guy Fawkes' Day, et celle d'Halloween quelques jours auparavant.

Calcutta ! Saisissant télescopage : *Oh! Calcutta!* Spectacle de Kenneth Tynan, Londres, 1969. Livret et illustrations photographiques : Grove Press Inc., New York. Voir Clovis Trouille (1889-1975) pour l'icône ; le gai Paris de la fin du dix-neuvième siècle pour la signification. Selon NB, Sa Majesté, pour sa part, avait pu lire les *Histoires prodigieuses de* Boaistuau (1560) traduites en anglais dès 1569, sous le titre *Certain Secrete Wonders of Nature*, par Edward Fenton. La photo des boucs sacrés des rues de Calcutta court le Web encore aujourd'hui.

Voltaire, dans sa *Philosophie* : *La Bible enfin expliquée* ... rappelle que, si le diable n'est pas présent en tant que tel dans la *Genèse*, « ... Les savants commencent à croire que la vraie origine du diable est dans un ancien livre des brachmanes qui a plus de cinq mille ans d'antiquité, nommé le Shasta. Il n'a été découvert que depuis peu par M. Dow ... et par M. Holwell, sous-gouverneur de Calcutta ... » Il glose sur les avatars du diable devenu « ange rebelle chassé du ciel et venu tenter les hommes. »

22. Le Roi Jacques écrit : « ... the hinder parts of God, for the brightness of his glorie. » Ce n'est pas une citation exacte, mais une synthèse de 2 versets de la Bible qui porte son nom, où l'on lit, *Ex* 33:22-23 ... « while my glory passes by ... and thou shalt see my back parts ...»

23. Situation de nature humaine.

CHAPITRE IV

Des divers moyens utilisés par les sorciers
pour se transporter en des lieux très éloignés ;
de l'impossibilité de choses
qui ne sont qu'illusions propres à Satan ;
de leurs causes.

PHILOMATHÈS. Mais par quels moyens disent-ils, ou bien crois-tu qu'ils sont capables de se rendre à ces sabbats illicites ?

ÉPISTÉMON. C'est là où il me semble que leurs sens les trompent. Et, bien qu'ils ne mentent pas lorsqu'ils passent aux aveux, car ils croient être dans le vrai, sans pourtant l'être en substance ou de fait, ils disent en effet qu'ils disposent de plusieurs moyens pour se rassembler soit pour adorer leur maître, soit pour accomplir tout service qu'il leur a confié. Il y a un moyen naturel, qui est d'y aller à pied, à cheval ou par bateau à l'heure où leur maître vient les avertir. Cette façon est tout à fait crédible. L'autre est légèrement plus étrange, sans pour autant être impossible : il s'agit de se faire transporter par la force de l'esprit qui les conduit, en survolant rapidement la terre aussi bien que la mer, jusqu'au lieu de rendez-vous[24]. J'estime que c'est également du domaine du possible, étant donné que Habacuc fut transporté par l'ange de cette manière jusqu'à la fosse où croupissait Daniel[25]. Je suis donc d'avis que le Diable

---

24. Acte d'accusation de Fian, alinéas 2 et 5.

25. Dans les apocryphes sont relatées les aventures de Daniel et d'Habacuc : dans *Dn* 14 32:8, Daniel démontre au roi que les prêtres de Bel se nourrissent clandestinement la nuit des offrandes destinées au faux dieu tutélaire Bel, et tue un dragon/serpent, objet de culte. Le roi est convaincu mais doit livrer Daniel aux Babyloniens mécontents. Celui-ci est jeté dans la

imitera Dieu volontiers en ceci comme en d'autres choses et qu'il est davantage à sa portée, en sa qualité d'esprit, plutôt qu'à celle d'un vent puissant qui n'est que phénomène atmosphérique naturel, de déplacer un corps solide d'un lieu à un autre, comme on en constate quotidiennement la pratique. Sauf qu'avec une telle violence ils ne peuvent être transportés que sur de courtes distances compatibles avec les limites de leur capacité à retenir leur souffle. Si cette distance les excédait, ils ne pourraient pas reprendre haleine, étant donné la force et la violence avec lesquelles leur corps est transporté. Ainsi, par exemple, si quelqu'un tombe d'une petite hauteur, sa vie n'est menacée qu'en fonction de la dureté ou de la souplesse du terrain ; mais quiconque tombe d'une falaise escarpée se verra de force privé de souffle avant de gagner le sol, comme le prouve l'expérience. Lors de ce transport, ils se déclarent invisibles aux autres, sauf aux leurs, ce qui me paraît aussi possible. Étant donné que le Diable peut faire apparaître dans les airs ce qu'il lui plaît, comme je l'ai dit précédemment quand j'ai parlé de la magie, pourquoi ne pourrait-il pas épaissir et obscurcir l'air qui les entoure en le contractant et l'épaississant suffisamment pour qu'il ne puisse pas être percé par la vue d'autres hommes qui chercheraient à les voir[26] ? La troisième façon qu'ils ont de se rendre à ces sabbats tient à ce que j'estime

---

fosse aux lions de Babylone où Habacuc, alors en Judée, est transporté, puis aussi vite rapatrié par l'Ange du Seigneur qui lui a demandé d'aller apporter de la nourriture à Daniel. Finalement le lion dévore les fanatiques et Daniel est libéré par Cyrus.

Outre la dénonciation du culte des idoles, les trois épisodes sont liés par un point commun : la nourriture terrestre. Le contraste est fort, imagé, entre ce bas monde et les hautes sphères. Entre le corps et l'esprit, le Diable et Dieu.

« Bel and the Dragon », sous couvert de légende vivace illustrée comme pour des enfants, est aujourd'hui marque déposée de restaurants de caractère en Angleterre. Serpent, dragon, Diable : même combat. Voir *Ap* 12:9 ; 19:17-21 ; 20:2.

26. Le secret de l'invisibilité est dans le rideau de fumée. Nacht und Nebel.

être du domaine de l'illusion. Certains d'entre eux déclarent que, transformés en animal ou volatile[27] de petite taille, ils pénètrent dans toute maison ou église, par toute entrée d'air possible, fût-elle fermée. Certains disent que tandis que leur corps reste immobile, comme en extase, l'esprit leur en est pris[28] et transporté dans ces lieux[29]. En guise de vérification, ils recourent volontiers à quelques preuves, ou témoignages oculaires attestant que leur corps est resté inanimé pendant ce temps ; ils désignent des personnes qu'ils ont rencontrées et donnent des propos tenus lors de la rencontre et que nul ne peut autrement connaître. C'est en effet ce moyen de transport d'un pays à l'autre qu'ils déclarent employer le plus souvent[30].

Ph. Pour sûr il me tarde d'entendre ce que tu penses de ceci, car cela ressemble à des histoires de vieilles femmes à la veillée.

É. Les raisons qui me donnent à penser que ce ne sont qu'illusions pures et simples sont les suivantes : Tout d'abord, à propos de ceux qui ayant pris l'apparence d'animaux ou volatiles de petite taille peuvent se faufiler dans des passages étroits, je suis prêt à croire que le Diable, dans ses artifices relatifs à l'air, leur donne cette apparence à leurs yeux tout comme à ceux des autres, mais le fait qu'il puisse réduire un corps solide en si peu de volume me semble une contradic-

---

27. Dans *Les Sorcières de Salem*, Abigail, feignant l'hystérie, déclare voir un oiseau jaune qui se serait introduit dans le tribunal. Le drame d'Arthur Miller (1952/3) présente une bonne synthèse et mise en scène des propos tenus par Épistémon.

28. « Ravished ». Voir ce qu'en font aujourd'hui (Rapture) les fondamentalistes américains.

29. NR y voient un lien avec la déposition de Fian (alinéa 2).

30. C'est peut-être de cette façon qu'une sorcière de la banlieue d'Édimbourg a pu avoir accès à la chambre nuptiale du château d'Oslo ? « J'y serai avant eux » : ces propos sont prêtés par Geillis Duncan à Agnes Sampson (aveux du 15 janvier 1590).

tion en soi. Être réduit à ce point sans être diminué, être si concentré sans ressentir aucune douleur, cela va tellement à l'encontre des propriétés d'un vrai corps et ressemble par trop à cet infime dieu transsubstantié de la messe papiste qu'il m'est impossible d'y croire. Le volume est si propre au corps solide que tous les philosophes en concluent qu'il lui est aussi impossible d'exister s'il n'en a pas qu'à un esprit d'en avoir. Lorsque « Pierre est sorti de prison alors que toutes les portes étaient verrouillées »[31], ce ne fut point par réduction de son corps en un si petit volume, mais par action sur la porte à l'insu des geôliers[32]. Et ceci une fois accompli, il n'y a aucune comparaison possible entre la puissance de Dieu et celle du Diable. Quant à leur apparente extase et au transport de leur esprit, il est avéré que la séparation de l'âme et du corps définit uniquement la mort naturelle et que, de ceux qui sont morts, Dieu nous interdit de croire[33] qu'il pourrait être du pouvoir de tous les Diables de l'Enfer de les rendre à la vie. Le démon lui-même peut néanmoins entrer en tant qu'esprit dans un cadavre, ce que pratiquent couramment les nécromants, comme tu l'as entendu, car il s'agit là de sa prérogative. En outre, l'âme, une fois séparée du corps, ne peut plus errer dans le monde[34] mais doit immédiatement gagner le lieu de repos approprié pour y attendre d'être réunie au corps lors du dernier jour. Ce que le Christ et les prophètes[35] ont miraculeu-

---

31. *Ac* 12:1-11. Spécialité du Docteur Fian. Acte d'accusation, alinéa 10.

32. Ici, comme dans l'épisode d'Habacuc au chapitre précédent, c'est un ange qui est censé avoir accompli le tour.

33. Voir *Lv* 19:31 et 20:27 ; *Dt* 18:10-12 ; I *S* 28 (la pythonisse d'En-dor) ; I *Ch* 10:13-14.

34. Fantôme ou pas ? L'un des problèmes dans *Hamlet*.

35. Faudrait-il lire « les apôtres » ? À l'exception de celle du Christ, annoncée par Moïse, par les prophètes (le premier d'entre les morts, *Ac* 26:23) et par Jésus lui-même à maintes reprises dans les Évangiles, les résurrections se comptent sur les doigts de la main dans le Nouveau Testament. Aucun prophète ne les a accomplies. Celle de Jean le Baptiste est annoncée par Hérode :

sement accompli en la matière ne peut aucunement et chré-
tiennement être assimilé par quiconque à l'action du
Diable[36]. Quant aux preuves qu'ils en donnent, il est tout à
fait dans les cordes du Diable de leur en suggérer les
moyens. L'esprit qu'il est ne peut-il pas s'emparer de leurs
pensées, émousser leurs sens au point que, leur corps gisant
comme mort, il puisse se manifester à leur esprit comme s'il
s'agissait d'un rêve et, comme les poètes le chantent à propos de Morphée[37], leur faire apparaître les personnes, lieux
et autres circonstances au moyen de quoi il lui plaît de les
berner ? Et même, pour les berner d'autant plus efficacement, ne peut-il pas, en même temps, grâce aux anges de
son collège, illusionner d'autres personnes de la même
manière et leur faire croire que rencontre il y a eu, de sorte
que toutes leurs relations, toutes leurs preuves, même exa-
minées séparément, concordent ? Et que tout agissement
consistant à faire du mal aux hommes ou aux animaux, ou
que quoi qu'ils imaginent faussement avoir fait à ce
moment-là, puisse avoir été perpétré par lui-même ou par
ses acolytes, à ce même moment ? Et s'ils désiraient prouver
leur transport dans la seconde qui suit le décès d'une personne qu'ils croient alors avoir empoisonnée, ou ensorcelée,
ne pourrait-il pas, à cette même heure, avoir frappé la dite
personne avec la permission de Dieu, pour ne les en trom-

Mt 14:2. Il y a celles accomplies par Jésus lui-même : Lazare *Jn* 11:14-44 ; la
fille de Jaïre : *Mt* 9:18-26, *Lc* 8:41-56, *Mc* 5:22-43 ; le fils de la veuve de Naïn :
Lc 7:11-17; celle de Tabitha/Dorcas accomplie par Pierre à Joppé : *Ac* 9:36-
42 ; celle accomplie par Paul à Troas : *Ac* 20:9-12. Dieu a le pouvoir de ressus-
citer : *Ac* 26:8. Pour l'Ancien Testament, voir note suivante.

36. Chez les Hébreux la notion de résurrection s'applique d'abord au
corps social, visant tout particulièrement la résurrection d'Israël après l'exil et,
par la suite, à celle du peuple élu à la fin des temps : *Dn* 12. Le mot « résurrection » n'apparaît que dans le Nouveau Testament (39 fois).

37. Fils d'Hypnos, le Sommeil, neveu de Thanatos (la Mort), dieu des rêves
et, comme son nom l'indique, capable de prendre n'importe quelle forme
humaine.

per que davantage et inciter d'autres à les croire ? C'est assurément le moyen le plus vraisemblable et le plus compatible
avec la raison que mon jugement peut déceler en la matière,
quelles que soient les autres aspects invraisemblables de
leurs aveux. Par ces moyens, nous naviguerons en toute
sécurité entre Charybde et Scylla[38], évitant d'une part le
refus absolu d'y croire de peur de tomber dans l'erreur
consistant à nier l'existence des sorciers et, d'autre part, la
crédulité qui nous ferait sombrer dans d'innombrables
absurdités, en monstrueuse opposition avec toute la théologie divine et avec l'humaine philosophie.

---

38. Les deux périls que sut éviter Ulysse.

CHAPITRE V

De ce que les sorciers font aux autres
et de la raison pour laquelle cet art est davantage pratiqué
par les femmes que par les hommes ;
de ce qu'il leur est possible d'accomplir
grâce à la puissance de leur maître et pourquoi ;
du meilleur remède au mal qu'ils font.

PHILOMATHÈS. En vérité, l'opinion que tu en as semble être fort raisonnable et, puisque tu en as terminé avec les agissements qui regardent leur propre personne, viens-en à ce qu'ils font aux autres.

ÉPISTÉMON. Dans ce qu'ils font aux autres, il faut distinguer trois choses : Primo, la façon dont ils tiennent conseil à ce sujet. Secundo, leur rôle en tant qu'instruments. Tertio, le rôle de leur maître lors du passage à l'acte. Pour ce qui est de la façon dont ils tiennent conseil, c'est le plus souvent dans une église où ils se réunissent pour leur culte[39]. Et lorsque leur maître leur demande ce qu'ils ont envie de faire, chacun lui présente le mauvais coup qu'il voudrait voir réaliser, soit en vue de s'enrichir, soit pour se venger de ceux à qui ils veulent du mal. Et lui de leur accorder ce qu'ils demandent, et il le fera volontiers, puisqu'il s'agit de faire le mal, en leur enseignant les moyens de faire de même. Pour ce qui est des bagatelles dont s'occupent les femmes, il leur fait démembrer des cadavres et les réduire en poudre qu'elles mélangent à d'autres ingrédients qu'il leur donne[40].

---

39. NR y voient référence aux actes d'accusation respectifs de Fian (alinéa 15) et de Sampson (alinéa 50).

40. Comme relaté lors des procès des sorcières mentionnées dans les *Nouvelles*.

Ph. Mais avant de poursuivre, permets-moi, je te prie, de t'arrêter sur un mot que tu m'as remis en mémoire, à propos des femmes. Pourquoi y a-t-il vingt fois plus de femmes[41] que d'hommes qui pratiquent cet art ?

É. La raison en est simple : puisque ce sexe est plus faible que l'homme, il se laisse plus aisément prendre aux pièges grossiers du diable, ce dont la véracité est plus que prouvée par la crédulité d'Ève vis-à-vis du serpent au commencement. Voici pourquoi il est d'autant plus à l'aise avec ce sexe depuis lors[42].

Ph. Reprends là où tu t'es arrêté.

É. Il apprend à certaines autres, dans ses enseignements, à faire des figures de cire ou d'argile dont la mise au feu fait continuellement fondre ou s'étioler de maladie, sans répit, les personnes dont elles portent le nom. À certaines, il donne telles ou telles pierres ou poudres qui aident à soigner ou à donner des maux[43] ; certaines, il les initie à des genres de poisons[44] inconnus dont les médecins n'ont aucun entendement (car il est bien plus versé que l'homme dans la connaissance de toutes les propriétés occultes de la nature). Non pas qu'un quelconque de ces moyens qu'il leur enseigne (à l'exception des poisons composés d'éléments

---

41. L'état actuel de la recherche donne 80% de femmes.

42. C'est la grande question, qui dépasse même le cadre de la sorcellerie. Celle du pouvoir que, dans le monothéisme en particulier, mais pas uniquement, se sont accaparé les hommes, par religion interposée, pour compenser l'infériorité dans laquelle les plongent les réalités de la physiologie de la sexualité féminine. D'Ève à la grande prostituée de Babylone. *Gn* 3/*Ap*17 : après celle du serpent/démon, c'est la seconde grande parenthèse des Écritures. La Belle est la Bête.

« La femme est la porte d'entrée du diable » : Tertullien, *de cultu feminarum*, I i.

L'opéra chinois met en scène la femme, avatar du serpent immortel, descendue sur terre, qui charme l'homme tiraillé entre elle et le divin matérialisé par le monastère sur la montagne du soleil.

43. Voir Duncan et Sampson.

44. Voir Napier et MacCalzean.

naturels) ne soit en lui-même de quelque secours dans ces
manigances où on les emploie, car ils ne font que singer Dieu,
en ceci comme en d'autres choses. Si Dieu, grâce à ses sacre-
ments qui sont de ce monde par leur nature, atteint des résul-
tats célestes qui n'ont rien à voir avec leur substance, et si le
Christ, au moyen d'argile et de salive mélangés, « ouvrit les
yeux de l'aveugle »[45], bien qu'il n'y ait eu aucune vertu dans ce
cosmétique, de même le Diable tient à faire étalage de ses
moyens visibles en les faisant passer pour sa propre action,
alors que cela n'a rien à voir avec lui, au point de faire croire
le contraire aux ignorants qu'il abuse. Quant aux effets de ces
deux premières parties, à savoir les sabbats et les moyens
manifestes, ils sont si extraordinaires que je n'ose faire allusion à aucun sans y aller d'une justification suffisante de leur
possibilité. Nous laisserons aux femmes ces bagatelles
qu'elles peuvent mener suffisamment à bien toutes seules,
sans avoir besoin de s'aboucher avec le Diable, pour traiter
des principaux aspects de leur art[46]. Venons-en au principal.
Les sorciers ont la capacité de faire naître l'amour ou de
semer la haine entre les hommes et les femmes, ce qui est tout
à fait dans les cordes du Diable, vu qu'il est esprit subtil et sait
suffisamment bien comment influer sur les sentiments frela-
tés de ceux avec qui Dieu lui permet d'avoir commerce. Ils
peuvent faire passer la maladie de l'un à l'autre, ce qui leur est,
de même, tout à fait possible : si c'est avec la permission de
Dieu qu'il a frappé Job de maladie[47], ne lui est-il pas encore
plus facile d'en frapper quelque autre ? Vu sa longue pratique,
il est suffisamment au fait de l'humeur[48] dominante en cha-

---

45. *Jn* 9:1-7.

46. On peut donc acquitter les guérisseuses, mais pas les régicides.

47. *Jb* 1:12 ; 2:6-8.

48. La médecine d'alors était fondée sur les théories codifiées par Galien
(131-210) dont la *théorie des humeurs* a permis de façonner foison de personnages du théâtre et régit encore aujourd'hui bien des adages de la sagesse
populaire.

cun de nous, qu'en sa qualité d'esprit il peut subtilement exciter, rendre peccante ou abondante, selon ce qui lui semble apte à nous affecter, lorsque Dieu lui en donne loisir. Pour ce qui est d'y remédier, il aura sans nul doute plaisir à soulager de ses peines du moment celui qu'il estime, par ce moyen, pouvoir persuader de se faire prendre à jamais dans ses pièges et lacets. Ils peuvent ensorceler hommes et femmes et prendre leur vie en les brûlant en effigie, comme dit précédemment, ce qui est aussi tâche facile pour leur maître. Bien que (je l'ai déjà mentionné) cet instrument de cire n'ait aucune vertu quant au tour joué, il peut tout autant, par le fait même que ses suppôts jurés font couler cette cire dans le feu, il peut tout autant, dis-je, à ce même moment, esprit subtil qu'il est, affaiblir et disperser les forces vitales du patient affaibli. Soit, en lui faisant évacuer par épanchement de sueur l'humeur de son corps ou bien, par dispersion des forces responsables de sa digestion, en lui débilitant l'estomac jusqu'à ce que, compte-tenu de l'épanchement incessant de son humeur radicale et du fait qu'aucun suc bénéfique ne vient par ailleurs la renouveler et remplacer par manque de digestion, il dépérisse et disparaisse tout comme son effigie dans le brasier. Et cet artisan fourbe et rusé, en ne l'affectant ainsi que par moments, équilibre si finement les effets d'un côté et de l'autre qu'il est fait en sorte que tout cesse comme pour ainsi dire au même moment. Ils sont capables de susciter grands vents et tempêtes dans les airs, sur terre comme sur mer, non pas uniformément mais en tel endroit et dans telles limites bien définies selon le bon vouloir de Dieu[49]. Rien de plus

---

49. Poupées de cire et tempêtes : comme les sorcières de North Berwick. Ce dernier point nous renvoie à *La Tempête* de William Shakespeare, où l'on voit Prospero s'ingénier à accabler de maux Caliban et susciter une brusque tempête locale par vengeance. Dans cette pièce, Caliban le terrestre difforme est opposé au bel Ariel l'aérien. Deux esprits. Est-ce à dire qu'il y aurait à gloser sur leur véritable nature, en dépit des apparences ? Voir note suivante.

facile que de les distinguer de tous les autres déchaînements naturels qui ressortissent au météore, vu leur soudaineté, leur violence et leur brièveté. Tout ceci reste dans les cordes de leur maître puisqu'il a de telles affinités avec l'air de par sa nature d'esprit et le pouvoir qu'il a de le former et de l'agiter comme tu me l'as entendu affirmer. Ce n'est pas pour rien que les Écritures le qualifient de « Prince de l'empire de l'air. »[50] Ils peuvent accabler les gens de frénésie ou de folie, toujours en accord avec les capacités de leur maître, puisque ce ne sont là que maladies naturelles, qu'il peut donc infliger comme n'importe quelle autre. Ils peuvent faire en sorte que des esprits harcèlent les individus, hantent certaines maisons, en effraient souvent les habitants comme il est bien connu que le pratiquent les sorciers d'aujourd'hui. Ils peuvent, de la même façon, faire que des esprits s'emparent de certains qui en deviennent possédés. Là aussi c'est partie facile pour le Diable leur maître puisqu'il peut facilement envoyer ses propres anges affliger, sous quelque forme qu'il lui plaît, toute personne avec laquelle Dieu lui permettra d'en user ainsi.

Ph. Mais Dieu permettra-t-il à ces instruments maléfiques, de par la puissance de leur maître le Diable, d'affliger d'une quelconque de ces façons quiconque croit en lui ?

---

50. *Ep* 2:2. La Bible de Jérusalem nous dit en note que : « L'air était pour les anciens l'habitat des esprits démoniaques. Le prince de cet empire est Satan. » Ils n'occupent pas que les airs. Lorsque, sur les bords du lac de Tibériade, (Gadara/Gergesa/Génésareth) le Christ fut amené à exorciser, les démons chassés l'implorèrent de les laisser entrer dans un troupeau de porcs, lesquels allèrent immédiatement se précipiter dans le lac du haut de la falaise : *Mc* 5:1-13; *Lc* 8:26-33. La Bible de Jérusalem ajoute ici : Au lieu de « les expulser hors du pays » (comme dans *Marc*) les démons demandent à Jésus de « ne pas les renvoyer dans les profondeurs de la terre, leur séjour normal et définitif. » Tout s'éclaire si l'on pense aux croyances des peuples du désert, qui voient s'élever du sol les tourbillons de sable (les djinns/les génies).

É. Indubitablement, car il y a trois sortes de gens que Dieu laisse tenter ou affliger : les méchants, pour leurs horribles péchés ; les bons qui s'endorment dans tel grand péché, ou telle infirmité ou insuffisance de foi, afin de ne les en éveiller que plus vite par l'intermédiaire d'une si étrange occurrence ; et même quelques-uns des meilleurs afin de les éprouver au vu du monde comme ce fut le cas de Job[51]. En effet, pourquoi n'userait-il pas de toutes sortes de châtiments extraordinaires si tel est son bon vouloir ; tout autant que des punitions ordinaires que sont maladie et autre infortune.

Ph. À qui donc est-il permis d'être hors d'atteinte de ces pratiques diaboliques ?

É. Nul ne doit être assez présomptueux pour se targuer d'impunité car, en préalable à tous les commencements, Dieu a décrété pour chaque homme un lot personnel d'afflictions et de bienfaits dont il détermine l'échéance[52] et c'est pourquoi nous ne devrions pas craindre outre mesure ce que le Diable et ses instruments mauvais peuvent nous infliger. C'est que nous luttons quotidiennement contre le Diable de cent autres manières et, de même qu'un vaillant capitaine n'a plus peur d'affronter la bataille et ne se laisse démonter ni par le tonnerre du canon ni par la brève détonation d'un pistolet, même s'il ne sait pas trop ce qui peut s'abattre sur lui, de même devons-nous aller hardiment de l'avant pour affronter le Diable sans trop grande crainte ni de ses armes les plus rares ici mentionnées, ni de ses plus ordinaires dont nous avons la preuve quotidienne.

Ph. N'est-il pas licite, en conséquence, de remédier avec l'aide de quelque autre sorcier au mal qui est infligé par cet art ?

---

51. « Dieu permit à Satan de l'éprouver pour voir s'il resterait fidèle dans l'infortune » nous dit le commentaire de la Bible de Jérusalem en introduction à ce premier Livre Sapiental. *Jb* 1:6-12.

52. Prédestination.

É. En aucune façon ce n'est licite. Je t'en ai dit le pourquoi au moyen de cet axiome de théologie avec lequel j'ai conclu mon discours sur la magie[53].

Ph. Comment alors remédier à ces maux de façon licite ?

É. Uniquement en priant Dieu avec sincérité, en amendant sa vie et en poursuivant sans indulgence quiconque selon l'usage qu'il fait de ces instruments de Satan, et dont le châtiment par la mort sera sacrifice salutaire pour le patient[54]. Et ceci n'est pas seulement le seul moyen licite, c'est aussi le plus sûr, car le Christ a dit que le « Diable ne peut pas être chassé par les moyens du Diable. »[55] Et lorsqu'on fait appel à un tel remède, il servira certes un temps mais finira par mener à la perte irrémédiable du patient, corps et âme.

---

53. Voir dernières lignes du Livre I.

54. Le Dieu de l'Ancien Testament ne se prive pas d'infliger la mort. Le Roi, après-tout, est roi de droit divin.

55. *Mc* 3:22-30. Le Roi ne cite pas la lettre du texte. Voir les actes d'accusation d'Euphame MacCalzean et d'Agnes Sampson.

CHAPITRE VI

De qui est plus ou moins sujet à souffrir des sorciers ;
du pouvoir qu'ils ont de causer tort au magistrat
et de la nature de leur pouvoir en prison ;
de l'intention qu'aura ou pourra avoir le Diable
en leur y apparaissant ;
des raisons qui poussent le Diable à se manifester
de diverses manières
à nombre d'entre eux à n'importe quel moment.

PHILOMATHÈS. Mais qui oserait prendre sur soi de les punir si nul n'a la certitude d'être à l'abri de leurs assauts contre nature ?

ÉPISTÉMON. Ce n'est pas parce que la voie par laquelle nous y accédons est étroite et périlleuse qu'il nous faut nous affranchir de la vertu[56]. Mais, en outre, de même qu'il n'est nulle catégorie de gens aussi susceptibles de se voir causer du tort par eux que ceux qui sont fragiles et faibles dans leur foi, laquelle est le meilleur bouclier[57] contre ces ingérences, de même ils n'ont de plus infime pouvoir que sur celui qui avec zèle et application les poursuit sans égard pour aucune considération matérielle.

Ph. Ils sont donc semblables à la peste qui frappe les plus mal en point qui la fuient aussi loin qu'ils peuvent et en craignent le plus le danger.

É. Il en va de même avec eux, car il ne leur est ni possible d'utiliser un quelconque faux remède sur un patient sauf si ce dernier ne croit d'abord en leur pouvoir, risquant ainsi la perte de son âme, ni possible non plus d'avoir moins de pouvoir de causer tort à quiconque condamne le plus leurs

---

56. *Mt* 7:13-14.
57. *Ep* 6:13-16.

manigances, puisque cela vient de la foi et non de quelque vaine arrogance personnelle.

Ph. Mais que peuvent-ils contre le magistrat ?

É. Plus ou moins selon celui qui est en charge de leur cas. Celui qui montre peu de zèle à leur égard verra très probablement Dieu faire d'eux l'instrument et le châtiment de son indolence. S'il est à l'opposé, selon la juste loi de Dieu et la légitime loi de toutes les nations, il fera preuve de diligence en instruisant leur cas et en les poursuivant : alors Dieu ne permettra pas plus à leur maître de perturber une si bonne œuvre que de l'entraver.

Ph. Mais une fois appréhendés et sous les verrous, leur art leur donne-t-il d'autres pouvoirs ?

É. Tout dépend de la forme de leur détention. S'ils ne sont qu'arrêtés et détenus par une personne privée, pour d'autres motifs de nature personnelle, leur pouvoir, soit en matière d'évasion soit pour causer tort, n'est sans doute pas diminué par rapport à ce qu'il était auparavant. Mais si, autrement, leur arrestation et leur détention est le fait du légitime magistrat qui les a justement reconnus coupables de cet art, ils n'ont pas davantage de pouvoir qu'ils n'en avaient avant d'avoir eu commerce avec leur maître. Car là où Dieu commence justement à frapper par l'entremise de son légitime lieutenant, il n'est plus du pouvoir du Diable de le priver de sa charge ou de la lui soustraire par la ruse, pas plus que de l'effet de son puissant sceptre vengeur.

Ph. Mais leur maître ne va-t-il jamais leur rendre visite une fois qu'ils sont arrêtés et sous écrou[58] ?

É. Tout dépend de l'état d'esprit de ces misérables. S'ils s'obstinent à toujours nier, il ne néglige aucun effort, lorsqu'il trouve le temps de s'adresser à eux, soit qu'il leur découvre quelque optimisme, pour les nourrir de plus en plus du vain espoir de quelque forme de répit ; ou bien s'il les découvre au plus profond du désespoir, pour les y précipiter d'autant

---

58. Le Docteur Fian dans sa geôle.

plus et à les persuader par quelque moyen extraordinaire de se donner la mort, ce qu'ils font assez couramment. Mais, s'ils se repentent et avouent, Dieu ne le laisse plus les importuner par sa présence et ses avances.

Ph. Il n'est donc pas bon de suivre ses conseils, en déduis-je. Mais j'aimerais vraiment savoir quelles formes il prend pour leur apparaître en prison.

É. Elles sont aussi diverses que lors de ses autres manifestations. Comme je te l'ai dit à propos de la magie, il apparaît ordinairement à ceux de leur art sous la forme qu'ils s'accordent à choisir une fois réunis. Si ce ne sont que des apprentis, ce sera en fonction de leurs cercles ou de leurs formules. Et pourtant, à ces dérangés, il apparaît sous la forme de son choix, celle qu'il estime la plus apte à satisfaire leurs lubies. Même lors de leurs assemblées publiques il apparaît à divers d'entre eux sous diverses formes comme nous l'avons découvert d'après leurs différents aveux à ce sujet. Le fait est qu'il les trompe au moyen d'illusions dans l'air le faisant paraître plus terrible aux moins évolués d'entre eux qui en sont ainsi amenés à l'en craindre et vénérer d'autant plus, et moins monstrueux ou étrange aux yeux des plus intelligents, de peur qu'autrement ils ne soient irrités et rebutés par sa laideur.

Ph. Comment peut-on le toucher, comme ils avouent l'avoir fait, si son corps n'est fait que d'air ?

É. J'ai peu entendu parler de ceci dans leurs aveux, mais il peut se rendre perceptible au toucher soit en s'introduisant dans un cadavre et en l'utilisant comme truchement, soit en trompant leur sens du toucher autant que leur vue. Il en a la possibilité étant donné qu'à cause de notre grande faiblesse, nos sens, à la merci de simples maladies, sont souvent induits en erreur.

Ph. Mais je pousserai encore d'un mot ma requête concernant son apparition aux prisonniers, à savoir : est-ce que quiconque se trouvant à ce moment dans la prison peut le voir aussi bien qu'eux ?

É. Parfois oui, parfois non, selon le bon vouloir de Dieu.

CHAPITRE VII

Des deux aspects du Diable et de son commerce sur terre
ainsi que des raisons pour lesquelles l'un des deux fut très répandu
à l'époque des papistes et le second l'est devenu ;
de ceux qui, niant la puissance du Diable,
nient la puissance de Dieu
et tombent dans l'erreur des Sadducéens.

PHILOMATHÈS. Le Diable a-t-il donc le pouvoir d'apparaître
à quiconque n'aurait pas conclu de pacte avec lui, étant
donné que tous les oracles[59] et autres formes d'illusions
furent éliminés et abolis lors de la venue du Christ[60] ?

ÉPISTÉMON. Bien qu'il soit vrai, en effet, que la gloire de
l'Évangile, lors de son avènement, purgea les nuages de
toutes ces erreurs grossières dans lesquelles étaient tombés
les Gentils, il n'en reste pas moins que tous ces esprits n'ont
cessé, depuis, de se manifester à l'occasion, comme nous
l'apprend la vie quotidienne. De fait, cette différence se
remarque dans les deux aspects de Satan qui ont commerce
en ce monde. De ces deux différentes formes, l'une, par la
propagation de l'Évangile et la victoire du cheval blanc, au
sixième chapitre de l'*Apocalypse*, a été largement réfrénée et
se constate plus rarement[61]. Il s'agit de son apparition à tout
chrétien ; des désordres extérieurs qu'elle lui cause ; de son
emprise par force. Par l'autre, plus répandue depuis et plus

---

59. Au sens où l'entendaient les Grecs ce mot n'apparaît pas dans la Bible
où il réfère soit au lieu où sont reçus les messages de Dieu (5 références, au
singulier, dans l'Ancien Testament), soit à sa parole (4 références, au pluriel,
dans le Nouveau Testament).

60. Voir *Demons* dans l'*Oxford Companion to the Bible*.

61. *Ap* 6:1. Lorsque fut brisé le premier sceau. Certains voient dans le
cavalier blanc une allégorie du Christ.

souvent usitée, je fais référence à leurs manigances illicites, qui ont fait l'objet de tout notre développement. L'expérience nous en montre la véracité dans cette île car, nous le savons bien, plus de fantômes et d'esprits qu'il n'est possible de le dire ont été vus du temps où le papisme aveuglait nos états, alors qu'aujourd'hui, et au contraire, il sera difficile à quiconque au cours de sa vie d'en entendre parler[62]. Et pourtant ces manigances illicites étaient bien plus rares en ce temps-là, défrayaient moins souvent la chronique et couraient moins les rues qu'aujourd'hui.

Ph. Et quelle en est la cause ?

É. La diversité de nos péchés suscite de la part de la justice de Dieu divers châtiments appropriés. Alors que du temps du papisme et des grossières erreurs de nos pères ainsi que de leur ignorance, ce brouillard d'erreurs dissimulait le Diable qui n'en évoluait que plus familièrement parmi eux et comme au moyen de terreurs puériles et effrayantes, il tournait en dérision et dénonçait en quelque sorte leur puérilité, aujourd'hui, au contraire, bien que notre religion soit de meilleur aloi, nous menons une vie qui va à l'encontre de notre profession, il en résulte que Dieu, en toute justice devant ce péché de rébellion, comme le nommait Samuel[63], condamne notre vie si obstinément contraire à notre profession.

Ph. Puisque tu en es venu à parler de l'apparition des esprits, il me plairait d'entendre ton opinion à ce sujet. Nombreux sont ceux, en effet, qui affirment qu'il est impossible à ces esprits de se manifester de nos jours, comme je l'ai dit.

---

62. Ce sont pourtant bien les châteaux écossais, même réformés, qui sont champions du monde en la matière, dit-on de nos jours et depuis un certain temps.

63. I *S* 15:23 « ... Un péché de sorcellerie, voilà la rébellion, un crime de teraphim, voilà la présomption ... » (Bible de Jérusalem). « ... Car la désobéissance est aussi coupable que la divination, et la résistance ne l'est pas moins que l'idolâtrie et les teraphim ... » (Segond).

É. Indubitablement celui qui nie la puissance du Diable est prêt, de la même façon, à nier la puissance de Dieu[64], sauf que la honte l'en empêche. Puisque le Diable est l'exact contraire, l'opposé de Dieu, il n'y a pas de meilleur moyen de connaître Dieu que par son contraire : par le pouvoir de l'un (par le truchement d'un être créé) admirer la puissance du grand créateur ; par la fausseté de l'un considérer la vérité de l'autre ; par l'injustice de l'un mesurer la justice de l'autre ; par la cruauté de l'un reconnaître la miséricorde de l'autre ; et ainsi de suite pour tout ce qui ressortit à l'essence de Dieu et aux caractéristiques du Diable. Mais je crains fort, en vérité, que le monde ne soit par trop peuplé de Sadducéens qui nient l'existence de toutes les sortes d'esprits. Pour les convaincre de leur erreur il y a suffisamment de raisons, à défaut d'autres, pour que Dieu permette parfois aux esprits de se manifester.

---

64. Bien évidemment, qui nie le Diable, nie sa création par Dieu et nie Dieu par conséquent.

DÉMONOLOGIE

LIVRE TROIS

*De toutes les sortes d'esprits qui affligent
les hommes et les femmes
et conclusion de tout ce dialogue.*

CHAPITRE I

De la division des esprits en quatre types principaux ;
de la description du premier de ces types, celui des
spectra et umbræ mortuorum
et de la meilleure façon de s'en libérer.

PHILOMATHÈS. Je te prie maintenant de poursuivre et de faire
ce que tu estimes être la part de l'affabulation ou de la vérité
dans ce domaine.

ÉPISTÉMON. Cette manifestation du Diable[1] de par le monde
se divise en quatre types grâce auxquels il terrorise les
hommes et afflige leur corps. Sur les dommages causés à
l'âme, je me suis déjà exprimé. Primo : il y a les esprits qui
s'en prennent aux maisons ou lieux isolés. Secundo : les
esprits qui s'attachent à telle ou telle personne qu'ils impor-
tunent à divers moments. Tertio : ceux qui viennent les
habiter et les posséder. Quarto : ceux des esprits communément appelés fées[2]. Les trois premiers, tu viens d'en

---

1. Comme les Protestants rejettent le Purgatoire, les esprits ne peuvent
provenir que du Diable, puisque aucune âme ne peut quitter l'enfer ou le para-
dis. Les deux ouvrages de référence sur ce sujet étaient à l'époque : *Trois livres
des apparitions* du protestant Ludwig Lavater (1569, traduit dès 1572 en anglais
et fraîchement réédité en 1596) et *Quatre livres des Spectres* du catholique Pierre
Le Loyer (1586) Notons aussi que le traité de Reginald Scot, que le Roi
dénonce dans sa préface, est suivi d'une longue dissertation sur les esprits.

2. Le lecteur de culture française devra se débarrasser de l'image de la
blonde diaphane en hennin qui tient une baguette magique et transforme le
crapaud hideux en prince charmant, pour se reporter à la représentation
anglaise de la fée ténue et plus proche de l'insecte volant que de la pin-up à
usage enfantin. Selon les pays, les illustrations de livres pour enfants sont très
parlantes à ce propos. Il pourra conserver celle de la méchante fée, façon
Carabosse, noiraude, bancale, édentée et ricanante, image classique et maintenant internationale de la sorcière, façon *Halloween*. Voir aussi la représentation
des fées, fantômes, esprits ou sorcières chez Shakespeare, contemporain du
Roi Jacques. Cf. *La Tempête, Hamlet, Macbeth, Les joyeuses commères* et *Le songe d'une*

entendre parler ainsi que de la façon dont on peut, par l'art
de la sorcellerie, faire qu'ils s'en prennent aux personnes. Il
ne me reste plus qu'à te dire comment ils apparaissent
d'eux-mêmes, si l'on peut dire, au lieu d'être suscités par la
sorcellerie. De façon plus générale, il me faut tout d'abord
te prévenir d'une chose avant d'entamer mon propos, à
savoir que même si dans mon exposé je les répartis en divers
types, tu ne dois pas pour autant perdre de vue la façon dont
j'en parle, car ils ne sont en fait qu'une seule et même sorte
d'esprits qui, pour tromper davantage les gens, prennent
trois formes différentes et agissent de façons variées comme
s'il y avait différents degrés de qualité dans ces agissements.
J'en reviens maintenant à mon propos. Pour ce qui est de
ceux du premier type, les anciens les connaissaient sous
diverses appellations selon leur façon d'agir. Ceux des
esprits qui hantaient les maisons, prenant divers aspects
horribles et faisant grand vacarme, étaient appelés lémures[3]
ou spectres. S'ils prenaient l'apparence d'un défunt pour
certains de ses amis, on les nommait *umbræ mortuorum*[4].
Innombrables ont été leurs appellations, selon leurs activités, comme je te l'ai dit. L'expérience nous le démontre, vu
le nombre de mots qu'utilise notre langue dans ce même
registre. La manifestation de ces esprits nous est confirmée
par les Écritures, lorsque le prophète Isaïe[5], menaçant Babel
et Edom de destruction, déclare que non seulement la ville
sera rasée mais qu'elle deviendra désert habité par les
hiboux ainsi que par les *ziim* et les *iim*[6], selon l'appellation

---

nuit d'été, tout particulièrement, mais pas seulement. Voir aussi plus bas,
Chapitre V, notes 48, 49.
   3. Les Romains voyaient en eux les fantômes malfaisants de leurs défunts.
   4. Ombres des morts, c'est-à-dire revenants.
   5. *Is* 13:20-22 ; 34 ; *Jr* 50:39-40 ; 51:36, 58.
   6. *Jr* 50:39. Ces mots n'apparaissent ni dans la Bible du Roi Jacques, ni dans
une dizaine d'autres traductions courantes en langue anglaise, pas plus dans la
Bible de Jérusalem que dans celle de Segond. Il faut remonter aux traductions

originelle des Hébreux. S'ils hantent les déserts c'est parce qu'ils y peuvent le mieux ébranler et attaquer la foi des solitaires qui fréquentent de tels endroits[7]. Il est, en effet, dans notre nature d'être davantage en proie à ce genre de terreurs lorsque nous sommes seuls que lorsque nous sommes en compagnie. Le Diable le sait très bien, qui ne s'en prend à nous que lorsque nous sommes affaiblis. De plus, Dieu ne le laissera pas déshonorer les chrétiens rassemblés au point de le laisser se manifester publiquement aux moments ou dans les lieux où ils sont ensemble. D'autre part, lorsqu'il s'en prend à des maisons habitées, c'est le signe d'une ignorance crasse ou de quelque grossier et scandaleux péché de la part de ceux qui l'habitent et que Dieu punit ainsi par ce châtiment extraordinaire.

Ph. Par quelle voie, quel passage ces esprits peuvent-ils pénétrer ces demeures, voyant que pour prévenir leur venue, portes et fenêtres ont été barrées ?

É. Ils choisiront leur lieu d'entrée en fonction de la façon d'être qu'ils ont adoptée. S'ils ont élu domicile dans un cadavre ils peuvent facilement et sans vacarme ouvrir n'importe quelle porte ou fenêtre et entrer par là. S'ils ne sont qu'esprit, tout orifice par lequel l'air peut se frayer un chemin est assez grand pour eux. J'ai déjà mentionné qu'un esprit peut être immatériel.

Ph. Dieu permettra-t-il à ces esprits mauvais de perturber le repos d'un défunt avant sa résurrection ? Et, s'il en est ainsi, j'estime que cela ne peut s'appliquer qu'aux réprouvés.

---

littérales pour les retrouver. On pourrait, au plus près, traduire par « bêtes sauvages du désert et bêtes sauvages des îles », autant que par démons ou bêtes fantastiques (dans le sens des bas-reliefs grotesques et autres chimères qui ornent certaines églises). Cf. *Ap* 18:2, et aussi *Is* 34:14 : « ... et le bouc y appellera le bouc ... » Voir aussi *Lv* 7:10, 21-22 et 17:7, où la liaison est faite entre bouc, émissaire ou pas, Diable et Dieu au désert (Azazel).

7. Voir les tentations endurées pendant une quinzaine d'années par Saint Antoine au désert.

É. Quand le repos d'un défunt est-il le plus perturbé : lorsque le Diable le tire du tombeau le temps d'accomplir ses maléfices ; lorsque les sorciers l'exhument pour le démembrer ; ou encore lorsque des pourceaux labourent la tombe ? Le repos de ceux que mentionnent les Écritures ne signifie pas séjour en une demeure unique et immuable. Il s'agit du repos après leurs tribulations et souffrances en ce bas monde dans l'attente de leur réunion à l'âme au jour de pleine gloire pour ceux-ci et celle-là[8]. Et comme rien n'empêche le Diable d'agir dans ce cas par le truchement de la dépouille d'un croyant ou d'un mécréant, le fait qu'il hante leur corps après leur décès ne peut en aucun cas les souiller, étant donné l'absence d'âme. Quant au déshonneur qui peut en découler pour eux, pourquoi serait-il plus grand que la pendaison, la décapitation ou toute autre mort honteuse qui frappe les hommes de bien ?[9] C'est qu'il n'est rien dans le corps des fidèles qui ne soit plus digne d'honneur ou plus exempt de corruption par essence que dans celui des mécréants[10], avant que ne vienne le temps de leur purification dans la gloire du dernier jour, comme la preuve nous en est quotidiennement donnée par les maladies et corruptions terribles qui affectent le corps des fidèles, et comme je le démontrerai clairement lorsque je traiterai des possédés et démoniaques.

Ph. Nombreux pourtant sont ceux qui affirment avoir fréquenté les lieux où les esprits sont censés résider sans y avoir rien vu ni rien entendu.

É. Je ne m'en étonne pas. Il est du domaine exclusif de Dieu de choisir qui verra et qui ne verra pas ces choses.

---

8. Au jour du Jugement des Nations, *Ap* 14:13 ; 20:11-13. La traduction perd ici un double jeu de mots sur l'anglais « rest » (reposer/rester) et sur l'anglais (jacobéen) « trauelles » qui réunit « travail » et « travel » (travail/voyage). Adam et Ève, une fois passés à l'est d'Éden, ont dû comprendre ce que tout cela signifiait.

9. *Ap* 20:4-5. Bénéficiaires de la première résurrection.

10. Qui devront, eux, attendre la seconde résurrection, mille ans plus tard.

Ph. Mais là où ces esprits hantent et dérangent telle ou telle
maison, quel est le meilleur moyen de les en chasser ?

É. Il n'y a que deux remèdes à ces maux. Le premier consiste
en d'ardentes prières adressées à Dieu à la fois par ceux qui
en sont victimes et par l'église à laquelle ils appartiennent.
Le second est la purification par une vie exempte des péchés
qui leur ont valu cette plaie extraordinaire.

Ph. Et que signifient, pour les amis du défunt ou du moribond,
ces esprits qui se manifestent par son ombre ?

É. Lorsqu'ils se manifestent en cette occasion nous les appelons *wraiths*[11] dans notre langue. Chez les Gentils, le Diable
agissait de la sorte pour leur faire croire que c'était quelque
esprit bienfaisant qui leur apparaissait alors, soit pour les
avertir de la mort de leur ami, soit pour leur révéler la
volonté du défunt, ou les circonstances de son assassinat
comme le relate le livre des histoires prodigieuses[12]. Il a
ainsi facilement trompé les Gentils parce qu'ils ne connaissaient pas Dieu. Et c'est de même qu'il procède aujour-
d'hui avec certains chrétiens ignorants. Car il n'ose pas
tromper celui qui sait que l'esprit du défunt ne peut pas
plus rejoindre le corps de son ami qu'un ange ne peut se
manifester de cette façon.

Ph. Et nos loups-garous ne sont-ils pas de cette sorte d'esprits
qui hantent et perturbent nos demeures ?

É. De ces choses nous avons effectivement une idée qui
remonte à la haute antiquité. Chez les Grecs il s'agissait
de λυκανθρωποι, ce qui signifie hommes-loups. Mais, pour
te dire simplement ce que j'en pense, si cela a réellement
existé, je pense qu'il ne s'agit que d'un vulgaire excès de

---

11. « Revenant » ou « double spectral » selon le cas.

12. Dans ses *Histoires prodigieuses* (1560) Boaistuau consacre un chapitre
entier aux « Visions prodigieuses, avec plusieurs histoires mémorables de
Spectres, Fantosmes, figures & illusions qui apparoissent de nuict, de jour, en
veillant & en dormant. » Voir Livre Deux, Chapitre III, note 21.

mélancolie[13] à propos de laquelle nous lisons qu'elle a amené certains à se prendre pour des buires[14], d'autres pour des chevaux ou n'importe quel autre animal. Et je suppose que cela a si profondément vicié l'imagination et la mémoire de certains que, *per lucida intervalla*, cela leur a tellement occupé l'esprit qu'ils se sont vraiment cru être des loups en ces moments ; qu'ils ont imité leur façon d'agir en marchant à quatre pattes, en tentant de dévorer femmes et enfants, en se battant et se déchirant avec tous les chiens du village ainsi qu'en s'adonnant à d'autres activités bestiales du même acabit. Jusqu'à devenir bêtes par persuasion, tout comme Nabuchodonosor pendant sept années[15]. Mais pour ce qui est d'avoir et de dissimuler cuir et pelage hirsute, je considère que ce n'est qu'ouï-dire ajouté par l'auteur de tous les mensonges.

---

13. Voir Galien. Et Webster : *La Duchesse d'Amalfi*, V ii.

14. Réminiscence de récits relatifs à la lycanthropie. Dans le Talmud, source de nos démonologies, il est dit que les démons aiment boire l'eau des récipients domestiques, d'où libation préalable nécessaire pour le consommateur (Talmud/Hullin).

15. *Dn* 4:13 ; 22-30.

CHAPITRE II

De deux nouvelles sortes d'esprits, à savoir ceux qui obsèdent
et ceux qui possèdent les individus qu'ils attaquent ;
de la conclusion,
puisque toutes prophéties et visions ont aujourd'hui cessé,
que tout esprit apparaissant sous ces formes est malin.

PHILOMATHÈS. Viens-en maintenant aux autres types de ce genre d'esprits.

ÉPISTÉMON. Des deux types suivants, c'est-à-dire ceux qui tourmentent l'individu de l'extérieur ou qui, au contraire, le possèdent de l'intérieur, je ne ferai qu'un parce que sont semblables aussi bien les causes chez ceux auxquels il leur est permis de s'attaquer, que les remèdes que l'on peut leur appliquer pour les guérir.

Ph. Quels sont ceux qui sont ainsi soumis à ces assauts ?

É. Deux types, tout particulièrement. Ou bien ceux qui sont coupables de crimes graves et que Dieu punit de cette plaie horrible ; ou bien ceux qui sont peut-être les meilleurs des hommes de toute leur région et que Dieu laisse en proie à ces tourments afin d'en éprouver la patience et servir d'avertissement à ceux qui seraient tentés d'avoir une confiance excessive en eux-mêmes puisqu'ils ne sont pas de meilleure étoffe et, le cas échéant, sont entachés de péchés non moindres (comme l'a dit le Christ à propos de ceux qui périrent dans la chute de la tour de Siloé)[16]. Mais aussi afin de donner à ceux qui en sont témoins matière à louer Dieu pour le fait que n'en méritant pas moins, il leur a été épargné une sanction aussi effrayante.

---

16. *Lc* 13:4. Les détails et circonstances de cet accident du travail qui fit dix-huit victimes ne sont pas explicités dans la Bible. Ce n'est que partie d'une parabole incitant à la pénitence, sous peine de périr.

Ph. Ce sont de bonnes raisons pour ce qui est de Dieu, lesquelles apparemment l'amènent à laisser le Diable tourmenter ces gens. Mais puisque le Diable agit toujours à l'opposé
de Dieu lorsque celui-ci a recours à ses services, quel but, je
te prie de me le dire, vise-t-il en agissant ainsi ?

É. Il veut atteindre, s'il le peut, l'une de deux cibles. L'une est
la perte de leur vie en les menant au péril au moment où il
les poursuit ou les possède, le résultat étant le même, ou,
également, et dans la mesure où Dieu l'y autorise, il les torture en affaiblissant leur corps et en leur infligeant des maux
incurables. L'autre, qu'il s'efforce d'obtenir en les tourmen-
tant, est la damnation de leur âme, en les pressant de ne plus
croire en Dieu ou de blasphémer. Soit au moyen d'intolé-
rables souffrances, telles qu'il s'efforça d'en faire subir à
Job[17], soit par la promesse qu'il leur fait de les en soulager,
au cas où ils agiraient de la sorte, comme l'expérience nous
l'enseigne aujourd'hui à travers les aveux d'une jeune personne ainsi tourmentée[18].

Ph. Puisque tu viens de discourir sur ces deux types d'esprits qui n'en font qu'un, il me faut revenir en arrière
maintenant et te presser de quelques questions sur chacun
des deux en particulier. D'abord, à propos de ceux qui
s'attachent à certains individus, tu sais bien qu'ils sont
eux-mêmes de deux sortes. Il y a ceux qui tourmentent et
torturent ceux qu'ils hantent et ceux qui, à leur service
pour subvenir à leurs besoins de toute sorte, ne manquent
jamais de les prévenir de tout péril soudain qui les mena-
cerait. Dans ce cas, j'aimerais savoir si ce ne sont tous là
qu'esprits malins et damnés, ou bien si ce second type ne
serait pas plutôt constitué (vu leur apparence) d'anges
gardiens envoyés par Dieu à ceux qu'il choie tout particulièrement. N'est-il pas dit dans les Écritures que « Dieu

---

17. Voir Livre Deux, Chapitre V, note 51.
18. La fille du fermier de Seton (acte d'accusation Sampson, alinéa 49).

dépêche des légions d'anges pour veiller sur ses élus et les protéger » ?[19]

É. Je sais très bien d'où procède cette erreur que tu avances. Ce sont ces ignorants de Gentils qui en sont la source. Lesquels, ne connaissant pas Dieu, ont imaginé que tout homme était toujours accompagné de deux esprits qu'ils nommaient l'un *genius bonus*, et l'autre *genius malus*[20]. Les Grecs les appelaient ευδαιμονα et κακοδαιμονα (sic). Le premier, disaient-ils, le poussait à faire tout le bien qu'il faisait tandis que l'autre l'incitait à ne faire que le mal[21]. Mais, Dieu soit loué, les chrétiens que nous sommes ne se fourvoient pas dans des visions « cimmériennes »[22] de l'homme. Nous savons pertinemment que c'est uniquement le bon esprit de Dieu, source de tout bien, qui nous incite à penser ou faire le bien, tandis que c'est notre chair corrompue[23] (ainsi que Satan) qui nous pousse au contraire. Et pourtant le Diable, pour ancrer dans la tête des chrétiens ignorants cette erreur apparue du temps des Gentils, s'est parfois, dans le premier type d'esprits que je mentionne, manifesté du temps du papisme et de l'aveuglement et a hanté diverses

---

19. *Gn* 32:2 ; II *R* 1:3,15 ; *Ps* 34 :7 (8). Légère exagération vu la minceur des textes cités. Pour ce qui est de la présence d'anges du Seigneur ou de Dieu, elle est nettement moins dense dans l'Ancien Testament (environ 90 références) que dans le Nouveau (environ 160). L'*Apocalypse* se taille la part du lion. Matthieu (25:41) introduit la présence d'anges du Diable.

20. Le bon et le mauvais génie.

21. *Hamlet*, III iiii : « O throw away the worser part of it /And live the purer with the other half. » Suite à la manifestation du fantôme dans la chambre de sa mère, la Reine.

22. Le Roi emploie le mot « Cymmerian » dans le sens d'obscurantistes païens. Des tribus apparues entre Arménie et Danube (Crimée) vers 730 avant le Christ auraient atteint, beaucoup plus tard, par Cimbres interposés (encore que la parenté Cimbres/Cambriens soit rejetée par beaucoup de spécialistes) le territoire celte tel que nous l'entendons aujourd'hui, et notamment le Pays de Galles (Cymru). Voir plus bas notes 33/34.

23. *Hamlet*, I ii. « O, that this too too sullied/solid flesh would melt ... » ainsi que le célèbre monologue : III i.

demeures sans causer aucun tort, mais en y rendant partout des services en quelque sorte nécessaires. Cet esprit porte le nom de *brownie*[24] dans notre langue. Il a l'apparence d'un homme des bois et certains en furent si aveuglés qu'ils croyaient leur demeure d'autant plus favorisée par la bonne fortune, disaient-il, qu'elle était visitée par de tels esprits.

Ph. Mais puisque l'intention du Diable, dans tout ce qu'il fait, est de faire le mal, où est le mal dans ce genre d'actions, qui étaient bonnes de toute évidence ?

É. N'y avait-il pas déjà suffisamment de mal à tromper de simples ignorants et se faisant passer pour un ange de lumière et ainsi de présenter l'ennemi de Dieu comme leur ami personnel ? Alors qu'au contraire, nous tous qui sommes chrétiens devrions pertinemment savoir que depuis que le Christ s'est fait chair et a établi son Église par l'intermédiaire de ses apôtres, il a été mis fin à tout miracle, toute vision, prophétie et apparition d'anges ou de bons esprits[25]. À la seule fin utile de semer la foi et d'implanter l'Église. Celle-ci étant maintenant établie et le cheval blanc dont j'ai parlé précédemment[26] ayant triomphé, la Loi et les Prophètes répondent à nos besoins ou nous ôtent toute excuse comme l'a dit le Christ dans la parabole de Lazare et du riche[27].

---

24. Le lutin écossais, cousin des kobolds et autres gobelins, qui rend de grands ou menus services domestiques dans les légendes. Le bon petit nain de Blanche-Neige, mais pas en mineur germanique.

25. *Henry V*, I i ; *Tout est bien … * II iii.

26. Cf. Livre Deux, Chapitre VII, note 61.

27. *Lc* 16:19-31.

CHAPITRE III

Du type d'esprits appelés incubes et succubes
ainsi que de la raison pour laquelle
les esprits de cette sorte hantent davantage
les régions septentrionales et barbares du monde.

PHILOMATHÈS. La question suivante que je voudrais poser concerne également le premier de ces deux types d'esprits que nous avons rencontrés. La voici : tu sais qu'il est couramment écrit et relaté que parmi les autres esprits qui s'attachent à certains individus, il est un type plus monstrueux que le reste, dans la mesure où l'on prétend que ceux-là ont commerce charnel avec ceux qu'ils hantent et dérangent. J'aimerais donc avoir ton opinion sur deux aspects de la chose. Primo : savoir si cela existe et, si c'est le cas, Secundo : savoir si ces esprits sont ou non du même sexe.

ÉPISTÉMON. Les démons abominables de ce type, qui abusent des hommes ou des femmes, se nommaient jadis incubes et succubes, selon le sexe des personnes avec lesquelles ils avaient commerce[28]. Cet abus monstrueux pouvait être perpétré de deux façons différentes. L'une, lorsque

---

28. Ces démons dont la création a été interrompue par le shabbat, sont restés esprits et cherchent le corps qui leur manque. Leur première cible fut Adam qui, pendant cent trente années selon la tradition talmudique, cessa tout commerce charnel avec Ève après le meurtre commis par Caïn. Les voici devenus succubes dit le Zohar/Bereschith : Lilith, démon femelle protéiforme se substitue à Ève. De la semence gaspillée d'Adam naissent d'autres démons. L'incubat apparaît dans le livre d'Enoch, Chapitre 1, quand les anges s'éprennent des filles des hommes. Cf §10 : « Et ils se choisirent chacun une femme, et ils s'en approchèrent, et ils cohabitèrent avec elles ; et ils leur enseignèrent la sorcellerie, les enchantements et les propriétés des racines et des arbres. » Ces femmes enfantèrent des géants. Cf *Gn* 6:4.

le Diable, seulement en tant qu'esprit, dérobant le sperme d'un cadavre, en abuse de telle façon qu'elles ne distinguent pas de forme ni ne ressentent grand chose, sauf le dépôt de celui-ci. Nous avons lu que les nonnes d'un couvent périrent au bûcher pour avoir été ainsi abusées[29]. L'autre façon est celle dans laquelle il emprunte le corps d'un défunt et passe, ainsi visible, pour un homme qui a un rapport avec elles. Il faut cependant remarquer que quelle que soit la façon dont il l'utilise, ce sperme semble intolérablement froid à la personne abusée. Car s'il dérobe la semence d'un vivant, celle-ci ne peut être transférée assez rapidement et sont donc perdues entre temps et la force et la chaleur qu'elle ne pourrait jamais avoir par manque de cette agitation qui, au moment de la procréation, cause et déclenche ces deux qualités naturelles. Et si, occupant le corps du défunt où il loge, il expulse sur le champ le dit sperme, celui-ci ne peut être que froid puisqu'il participe des humeurs naturelles du cadavre d'où il sort. Quant à ta question sur l'existence d'un sexe chez ces esprits, je crois que les règles de la philosophie peuvent aisément convaincre un homme du contraire, car un principe sans équivoque de cet art veut que rien ne puisse être divisé en sexes sauf les corps vivants qui se reproduisent naturellement par leur semence. Or nous savons que les esprits n'ont pas de semence qui leur soit propre et ne peuvent donc se reproduire entre eux.

Ph. Comment se fait-il alors que l'on raconte que divers monstres ont été ainsi engendrés ?

---

29. Aucune référence. Scot consacre le livre IV de *Discoverie of Witchcraft* aux succubes et incubes, et Bodin le chapitre vii du livre II de sa *Démonomanie*. Ce dernier y relate plusieurs histoires d'abbesses accusées de coucher avec des incubes, et aussi l'exécution de 48 sorcières coupables du même crime à Ravensburg en 1475. Le Roi Jacques aurait-il télescopé ces diverses histoires. Tout comme lui, les deux auteurs poursuivent leur réflexion sur la possibilité pour le Diable de conserver la semence humaine.

É. Ces contes ne sont qu'*aniles fabulae*[30], car ils n'ont pas de semence qui leur soit propre, comme je te l'ai démontré. Le sperme froid d'un cadavre ne peut rien accomplir en matière de génération, c'est plus qu'évident, car il est déjà mort en soi autant que l'est le reste du corps, privé qu'il est de l'ardeur animale et de l'agitation physique nécessaires pour arriver à cette fin ; au cas où cela serait possible (ce qui serait totalement incompatible avec toutes les lois de la nature), cela n'engendrerait aucun monstre mais tout simplement une progéniture naturelle comme en cas de commerce entre l'homme ou la femme, et[31] l'autre victime de l'abus si, tous deux en vie, il y avait eu commerce entre eux. Quant au rôle du Diable en la matière, il se limite au transfert et à l'expulsion de cette substance. Il ne saurait donc participer en aucune qualité au dit commerce. Il est en fait possible que, par sa ruse, le Diable fasse enfler le ventre d'une femme après avoir abusé d'elle de la sorte. Ce qu'il peut faire soit en l'échauffant, soit au moyen de simples, comme nous le voyons faire quotidiennement par de pauvres hères. Et lorsque le temps de la délivrance arrive et lui fait endurer de grandes douleurs, comme dans le cours naturel des choses, alors il glisse subrepticement dans les mains des sages-femmes quelque caillou ou tige[32] ou enfant monstrueux amené d'ailleurs, mais ce ne sont guère que des

---

30. Contes de bonnes femmes.

31. Texte original : « … man or woman and that other abused person … » Le Roi était-il prude(nt) au point de ne pas réellement définir incubes et succubes selon le sexe de la ou du partenaire visités la nuit ? Il est vrai que *succubus* ne figure pas, en tant que masculin, dans le dictionnaire de Gaffiot qui ne connaît que *succuba*, dans le sens de concubine. À prendre Épistémon à la lettre, ils n'auraient guère connu d'hommes. Chasse gardée ?

32. « Stockes, stones » : *Jr* 3:9. Commettre l'adultère « avec la pierre et le bois » : c'est à dire, les matériaux dont sont faits les idoles, et donc les idoles elles-mêmes. Ici, allusion aux charmes proposés par Agnes Sampson à Euphame MacCalzean.

on-dit ou supputations auxquels, à la différence d'aucuns, je n'ajoute aucunement foi.

Ph. Pour quelle raison cette sorte d'abus se rencontre-t-elle le plus souvent dans les parties les moins civilisées du monde telles que la Laponie[33], la Finlande ou dans les îles de notre Nord : les Orcades et les Shetland[34] ?

É. Parce que là où le Diable trouve un maximum d'ignorance et de barbarie, ses assauts sont d'autant plus évidents, ce qui revient à l'explication que je t'ai donnée concernant le fait qu'il y a davantage de sorcières que de sorciers.

Ph. Qui peut bien être assez malheureux pour consentir librement à se laisser abuser aussi grossièrement par le Diable ?

É. Eh bien, certaines sorcières ont avoué qu'il les avait persuadées de donner librement leur consentement à la chose de façon à les retenir plus solidement dans ses filets. Mais tout autant que celles qui sont sous la contrainte doivent être l'objet de pitié et de prières, cette engeance-là doit être punie et détestée le plus fort.

---

33. Voir *La comédie des erreurs*, IV iii. Laponie et Finlande, par royaume de Danemark/Norvège interposé, lient le Nord écossais au chamanisme nord-asiatique.

34. Les Cimmériens n'étaient pas très loin. Orcades et Shetlands, avaient été possessions dano-norvégiennes avant de venir à la couronne écossaise. Le Roi, en bon chrétien qu'il est, ne peut guère associer l'Écosse non gaélique aux ténèbres païennes. Quant au Pays de Galles dont les habitants, à l'époque, ne passaient pas pour des intellectuels avancés alors que leurs bardes allaient au gui sous les chênes, il tire aujourd'hui gloire de cette origine et certains de ses habitants s'enorgueillissent de leur culture cimmérienne.

Aujourd'hui, le guerrier Cimmérien, incarné par Conan le Barbare, figure en bonne place parmi les personnages et figurines du monde souterrain en compagnie des alchimistes, diables, dragons et autres gnomes hideux dont se régalent les amateurs de jeux de rôles.

Dans l'*Odyssée* XI 14-19, Ulysse, qui a dû pratiquer la route de l'étain, accoste au pays des Cimmériens, que l'on situe on ne sait trop où « en limite de la terre ». C'est un pays de brumes épaisses et persistantes, de ténèbres. Il y rencontre Tirésias au milieu des ombres. Les Enfers, plus le froid.

Ph. Ce que nous appelons cauchemar et qui s'empare des dormeurs dans leur lit ne fait-il pas partie de ce type d'esprits dont tu parles ?

É. Non, car ce n'est que maladie naturelle à laquelle les médecins donnent le nom d'*incubus, ab incubando*[35], manifesté sous la forme d'un phlegme épais qui nous tombe dans la poitrine sur le cœur pendant le sommeil et qui obère ainsi nos fluides vitaux, nous prive de toute force, au point de nous faire croire que quelque fardeau ou esprit contre nature nous tient sous lui et nous accable.

---

35. Esprit constricteur chez les Romains ; démon qui pèse sur la poitrine ; impression d'étouffement dans le jargon médical (Paré). Voir l'étymologie de « nightmare/cauchemar ».

CHAPITRE IV

Des démoniaques et énergumènes ;
de la raison pour laquelle les papistes
ont éventuellement les moyens de les guérir.

PHILOMATHÈS. Eh bien, je t'ai maintenant fait part de tous mes doutes et tu m'as satisfait en la matière relativement aux deux premiers types d'esprits que tu as rassemblés. Il ne me reste plus qu'à te poser deux questions sur le dernier type, à savoir les démoniaques. La première est le moyen de distinguer les énergumènes de ceux qui souffrent physiquement de frénésie ou bien de démence. La seconde est de savoir comment il se peut que les papistes les guérissent, lesquels nous mettons au rang des hérétiques vu qu'il semblerait qu'un Diable ne puisse en chasser un autre car, alors, son royaume serait divisé contre lui-même comme l'a déclaré le Christ[36].

ÉPISTÉMON. Pour répondre à ta première question, divers symptômes permettent de distinguer un trouble grave d'une maladie physique, et trois en particulier à l'exclusion de tous les signes ineptes que lui attribuent les papistes, par exemple : la fureur en présence de l'eau bénite ; la reculade d'effroi devant le crucifix ; l'incapacité de supporter le nom de Dieu prononcé à haute voix et autres fariboles dont il serait tout aussi irritant qu'inutile de dresser la liste. Pour en venir à ces trois symptômes que je viens de mentionner, j'estime que l'un d'entre eux procède de l'incroyable énergie propre à l'énergumène, lequel peut surpasser en force six individus des plus vaillants et des plus déchaînés qui ne seraient pas ainsi affligés[37]. Le second consiste en un ballon-

---

36. *Mt* 12:22-29 ; *Mc* 3:22-26.
37. Voir la relation de l'interrogatoire du Docteur Fian, ainsi que la guérison de Génésareth déjà citée. *Lc* 8:29.

nement de la poitrine et du ventre du malade, accompagné d'une agitation si véhémente et de mouvements si extraordinaires, d'une dureté de fer de muscles si raides et convulsés, qu'il ne serait pas possible de relâcher, pour ainsi dire, la peau de quiconque ; mais quelle que soit la force avec laquelle le Diable agit sur tous les membres et sens de son corps, y étant lui-même présent quoique dominant plutôt son âme ou ses affections, il n'a pas plus de pouvoir qu'un quelconque être humain. Et, pour finir, c'est le fait de parler des langues différentes, dont ceux qui le connaissent disent du patient qu'il ne les a jamais apprises[38], et ce d'une voix bizarre et creuse tandis que pendant tout ce temps il se fait plus de mouvements dans son corps que sur ses lèvres[39]. De ce dernier symptôme sont exempts ceux qui, tant que dure leur possession, sont totalement privés de leurs sens, sous l'emprise qu'ils sont d'un esprit muet et aveugle tel qu'en a chassé le Christ dans le douzième chapitre de Matthieu[40]. Eu égard à ta question suivante, il faut tout d'abord avoir des doutes quant à la capacité qu'auraient les papistes ou quiconque ne professerait pas la seule vraie religion, de guérir ce genre de mal. Et ensuite, à supposer qu'ils la possédassent, connaître les modalités de cette possibilité. Le premier point est fondé : il est patent que nombre de ces cas sont des subterfuges inventés par leur clergé afin de conforter leur religion viciée. Le second découle de l'expérience qui nous montre que très restreint est le nombre de ceux, par ailleurs authentiquement possédés, qui sont pleinement guéris par

---

38. La glossolalie est liée à la possession autant qu'à l'inspiration divine. Voir les événements de la Pentecôte : *Ac* 2:4-13. Ou bien ceux qui « parlent des langues » ou encore se convulsent sur scène aujourd'hui à l'instigation de certains évangélistes américains.

39. N'y avait-il pas de ventriloques en ces contrées à cette époque ? Reginald Scot explique par le ventriloquisme l'épisode de la pythonisse d'Endor.

40. *Mt* 12:22.

eux. C'est seulement que le Diable se satisfait de les soulager des maux qui affligent leur corps pendant un court laps
de temps afin de perpétuellement tourmenter l'âme de tous
ceux que ces faux miracles amèneraient à faire profession
ou confirmation de foi en cette religion d'erreur. Ceci nous
ramène, comme je te l'ai dit précédemment, à ces fausses
guérisons qu'opèrent les sorciers ou aux maux qu'ils font
passer. Quant à l'autre aspect de la question, à savoir la possibilité qu'ils auraient, et à laquelle (nonobstant l'opinion
contraire des doctes) j'ai tendance à ajouter foi, compte tenu
des relations fidèles qu'en ont fait des témoins oculaires
dont la religion est solide, je suis d'avis que, si c'est le cas, les
raisons pour lesquelles les papistes disposent de ce pouvoir
viennent du fait que le Christ a donné autorité et pouvoir à
ses apôtres de chasser les démons, ce qu'ils ont donc mis en
pratique[41]. Les règles qu'il leur a enjoint de suivre en la
matière étant le jeûne et la prière[42]. L'acte lui-même doit être
fait en son nom. Ce pouvoir qui leur est donné ne procède
pas d'une vertu intrinsèque, mais de celui qui les a instruits.
La preuve en est le pouvoir aussi grand donné à Judas[43]
qu'aux autres dans ce domaine. Il est facile, dès lors, de
comprendre que l'exorcisme procède du jeûne, de la prière
et de l'invocation du nom de Dieu, malgré la présence de
nombreuses imperfections chez celui qui s'en fait l'instrument. Le Christ lui-même nous avertit quant au pouvoir
qu'ont les faux prophètes[44], de chasser les démons. Il ne faut
donc pas s'étonner, tout ceci bien considéré, que les
papistes puissent détenir ce pouvoir, quelque patents que
soient leurs errements en de nombreux points de la religion,

---

41. Voir *Exorcism* dans l'*Oxford Companion to the Bible*. Et *Mt* 7:22 ; 10:1.

42. Pour les vertus de la prière et du jeûne, voir *Mt* 6:5-7, 18 ; 7:7-11.

43. Lequel n'est pas recensé comme ayant accompli un quelconque miracle.

44. *Mt* 24:24.

s'ils suivent la bonne voie définie par le Christ en la matière. Sont-ils pires en cela du fait de leurs errements en d'autres domaines qu'ils ne le sont dans leur baptême vu leurs errements dans l'autre sacrement[45] ainsi que toutes les simagrées dont ils ont entouré le baptême proprement dit ?

Ph. Il ne faut donc point s'étonner de ce que Dieu permette au corps de n'importe quel fidèle d'être ainsi déshonoré au point d'offrir résidence à cet esprit impur.

É. Il y a aussi dans ce que je viens de dire à l'instant de quoi prouver et renforcer mon point de vue quant à la prise de possession de corps des fidèles par le Diable. Car s'il lui est permis d'entrer dans le corps des vivants alors même que celui-ci est encore attaché à l'âme, il est d'autant plus plausible que Dieu lui permette d'entrer dans les cadavres, qui ne sont plus homme, mais simple enveloppe d'homme, répugnante et vouée à la corruption[46]. Car, comme le dit le Christ : « Ce n'est pas ce qui pénètre l'homme qui le souille, mais seulement ce qui en procède et sort. »[47]

---

45. L'eucharistie (NR).

46. Voir à nouveau le monologue de *Hamlet*, et aussi l'ensemble de la pièce en général. Surtout si l'on suit ceux qui relient le détonateur de ce drame aux assassinats et intrigues maritales de la cour d'Écosse.

47. *Mc* 7:14-15. Judicieusement interprété, ce précepte explique bien des comportements.

CHAPITRE V

Du quatrième type d'esprits, appelés fées ;
de ce qui est possible
et de ce qui n'est qu'illusion en la matière ;
des limites de ce dialogue à ce propos et à quelles fins.

PHILOMATHÈS. Et maintenant je te prie d'en venir à ce quatrième type d'esprits.

ÉPISTÉMON. Ce quatrième type, connu des Gentils sous le nom de « Diane à la suite vagabonde »[48] et, chez nous, de fées (comme je te l'ai dit) ou de « bons voisins » est une de ces illusions qui faisaient florès du temps du papisme. Car bien que la prophétie diabolique fût tenue pour haïssable, il n'en reste pas moins que les esprits de cette sorte étaient, par ceux qu'ils emportaient et habitaient, considérés comme très bénéfiques et de meilleure convivialité. Mentionnons les maintes balivernes fondées sur cette illusion : l'existence

---

48. Il existait un culte de Diane, qui perdure dans les mythologies d'Europe orientale (Rosalie/Rusalka). Ondines aux seins nus, elles peuvent être apparentées aux succubes. L'Inquisition identifiait un culte de Diane Hérodiade. Ces fées, associées à des pratiques de magie impliquant fertilité, guérison et homicide, avaient taille humaine. On pourrait en trouver épiphanies dans l'iconographie d'une Ophélie, frappée de folie, semée de fleurettes, ou dont le cadavre flotte au fil de l'eau (tableaux de Benjamin West, Redgrave, Millais, et tant d'autres au XIXᵉ siècle). Leur moment est le solstice d'été. Leurs déplacements tiennent des transports aériens du chamanisme. Il leur arrive de danser nues dans les prés ou les bois. Comme Abigaïl, qui menait le branle des sorcières à Salem.

Ce culte est dénoncé dès le neuvième siècle dans le *Canon Episcopi*, où il est dit, en substance : « … Durant la nuit, avec Diane la déesse païenne et en compagnie d'innombrables autres femmes, (elles) chevauchent des bêtes, parcourent de grandes distances dans le silence de la nuit profonde, obéissent aux ordres de Diane leur maîtresse et se mettent à son service certaines nuits bien définies. Si seulement ces sorcières pouvaient mourir dans leur impiété … ».

d'un Roi et d'une Reine des fées[49] ; la joyeuse cour qui les entourait, la dîme et les droits qu'ils percevaient, en fait, sur tout bien ; leur capacité naturelle à chevaucher ou se déplacer, boire, manger et faire exactement ce que faisaient les hommes et femmes ordinaires. Pour moi, cela ressemble davantage aux Champs Élysées[50] de Virgile qu'à tout ce que les chrétiens devraient croire d'autre sauf que, en règle générale et comme je l'ai plusieurs fois mentionné, le Diable a trompé les sens de plus d'un être simple en lui faisant croire qu'il avait vu et entendu de telles choses qui n'existaient pas.

Ph. Mais alors, comment se fait-il que plusieurs sorcières ont encouru la mort pour avoir avoué qu'elles avaient été transportées en compagnie des fées vers une colline qui s'ouvre à leur entrée et leur fait rencontrer une belle reine qui relève de couches et leur donne une gemme aux multiples vertus, laquelle a été maintes fois présentée lors des procès ?

É. Je dis de cela ce que j'ai déjà dit à propos de cet enlèvement imaginaire de l'esprit hors du corps. Pourquoi le Diable ne matérialiserait-il pas dans leur imagination, leurs sens une fois émoussés comme dans le sommeil, ces collines et châteaux, ces cours et courtisans scintillants et autres choses du même acabit au moyen de quoi il se plaît à les tromper ? Pendant ce temps, le corps étant insensible, pourquoi ne

---

49. La mythologie écossaise connaît « The Queen of Elfane ». Obéron, issu de la mythologie germanique, passé par la chanson de geste, roi des elfes, ou des nains, après avoir été assimilé à un sorcier fort savant, finit en roi des fées dans le théâtre élisabéthain. Titania, nom donné à Artémis/Diane par Ovide, *Métamorphoses* III:173. Emprunté par Shakespeare dans *Le songe d'une nuit d'été*. Ce passage, par le merveilleux qu'il cite en exemple, ressortit aux légendes germaniques dont s'inspire de nos jours toute une littérature, pas seulement pour enfants, mêlée de fantastique macabre. Signalé en Écosse dans un procès en sorcellerie tenu en 1576.

50. Partie des Enfers réservée aux héros et aux vertueux où l'existence leur était douce. Visités par Énée guidé par la Sibylle de Cumes.

leur glisserait-il pas en main un caillou ou quelque objet
semblable qu'il leur fait croire avoir reçu là-bas ?

Ph. Mais que dis-tu du fait qu'ils ont prédit la mort de bien des
gens qu'ils prétendent avoir vus en ces lieux ? C'est-à-dire
par voyance (comme ils l'appellent) puisqu'ils en voient la
matérialisation.

É. Je crois qu'ou bien l'interrogatoire n'a pas été suffisamment poussé de ceux qui se justifient aussi grossièrement
d'avoir ainsi prophétisé, ou bien qu'il est tout aussi possible
que le Diable leur souffle ces prophéties lorsqu'il induit
ainsi leur imagination en erreur, tout autant que lorsqu'il
s'adresse à eux clairement en d'autres circonstances où ils
prophétisent, et que ce n'est que par l'intermédiaire d'une
sorte de vision, pour ainsi dire, qu'il imite habituellement
Dieu chez les Ethniques[51], comme je te l'ai déjà relaté.

Ph. J'aimerais savoir si les esprits de ce type n'apparaissent
qu'aux sorciers ou s'ils peuvent apparaître à n'importe qui.

É. Aux deux. Aux innocents, soit pour les effrayer ou bien
passer pour meilleure engeance que ne le sont les esprits
impurs ; aux sorciers pour leur donner teinture d'innocuité
afin que d'ignorants magistrats ne les punissent pas pour
cela, comme je viens de te le dire[52]. Si ceux-là doivent faire
l'objet de pitié pour avoir subi leurs assauts, ceux-ci, que l'on
distingue parce qu'ils s'arrogent le droit de prophétiser,
ceux-ci, dis-je, doivent encourir les mêmes foudres que les
autres genres de sorciers, et même être punis plus sévèrement, parce qu'ils dissimulent leur façon d'agir.

Ph. Et qu'est-ce qui fait que les esprits prennent tant de noms
différents ?

É. La vilenie de ce même Diable qui fait prendre pour
argent comptant aux nécromants les innombrables noms

---

51. Nous avons conservé le mot employé par le Roi et qui, à l'origine, dési-
gnait les nations païennes du temps des Pères de l'Église, par exemple.

52. Premier verdict Napier.

dont il s'affuble, ainsi que ses anges, faisant par exemple
de Satan[53], Beelzebub[54] et Lucifer trois esprits différents
alors que nous découvrons que les deux premiers ne sont
que noms différents attribués par les Écritures au prince
de tous les anges rebelles. Par le Christ, le prince de tous
les démons est appelé Beelzebub, là où j'ai affirmé que les
hérétiques n'ont aucunement le pouvoir de chasser les
Démons[55]. Par Jean, dans l'*Apocalypse*, le vieux tentateur
est appelé « Satan, Prince des mauvais anges. »[56] Le troisième, à savoir Lucifer[57], n'est qu'une allégorie inspirée
par l'étoile du matin (ainsi nommée en plusieurs endroits
des Écritures)[58] à cause de son excellence (je parle de leur
prince) au moment de sa création, avant sa chute. Et, là
encore, j'affirme qu'il trompe les sorciers en s'attribuant

---

53. Première mention (sur 13) dans l'Ancien Testament : I *Ch* 21:1 (34
mentions dans le Nouveau Testament).

54. Nous avons conservé la graphie royale. Dans ce sens, il s'agit d'un jeu
de mots sur « zebul/zebub » qui en fait le « Baal des mouches/*Lord of the
flies* ». Cette divinité cananéenne est « Baal le prince » d'où le glissement vers
« Prince des démons ». Baal/Bel est le nom donné à la divinité majeure et
tutélaire des royaumes ou cités du pays phénicien, dont le culte est antérieur
à l'arrivée des Hébreux sur ce territoire. L'Ancien Testament compte plus de
50 références à Baal et aux composés du nom. Le Nouveau, 5 : de l'hébreu au
grec, du Diable au Démon.

55. *Mt* 12:22-28 ; *Mc* 3:22-26 ; *Lc* 11:14-20.

56. Sur sept références à Satan dans l'Apocalypse, aucune ne correspond
à la lettre à ces italiques royales. La plus proche est *Ap* 12:9.

57. Le porteur de lumière. L'étoile du matin, comme du soir, en fait la pla-
nète Vénus, Astarté, l'Isthar mésopotamienne, associée à Baal. Il est dit
« tombé des cieux, fils du matin », lors de son unique mention sous ce nom
dans les Écritures : *Is* 14:12, insérée dans une diatribe dirigée contre un usur-
pateur, prince de ce monde (Babylone ?) Il n'y est jamais mentionné en tant
que Satan. Baal sous toutes ses formes (au pluriel) et Astarté sont conjointement rejetés par Israël, à la demande de Samuel : I *S* 7:3-4. L'épilogue de
l'*Apocalypse* : 22:16 fait néanmoins dire au Christ : « ... Je suis le rejeton de la
race de David, l'Étoile radieuse du Matin ... » (Jérusalem).

58. En tant que phénomène météorologique uniquement : *Jb* 11:17 ;
18:34 ; *Ps* (110)109:3 (NR).

divers noms, comme si, sous autant de formes, il était autant d'esprits.

Ph. J'ai entendu bien d'autres histoires extraordinaires de fées que tu ne m'as pas narrées.

É. Je procèderai dans ce domaine comme j'ai procédé dans le reste de mon propos. Puisque le fond de cet entretien, à ton instigation, est de me demander s'il y a des sorciers ou des esprits, et s'ils ont un pouvoir, j'ai donc conçu mon propos tout entier de façon à démontrer leur existence réelle ou éventuelle au moyen d'exemples en nombre suffisant pour que la raison l'entende. Cela m'évite de m'abaisser et de me transformer en dictionnaire pour te relater tout ce que j'ai lu ou entendu à ce propos, ce qui serait aller au-delà du crédible et tendrait plutôt à faire croire que je suis en train d'enseigner ces arts illicites, plutôt que de les réfuter ou de les condamner comme il est du devoir de tout chrétien.

CHAPITRE VI

Du procès et du châtiment des sorciers ;
des chefs d'accusation à retenir contre eux ;
de la raison pour laquelle
leur nombre s'accroît tant de nos jours.

PHILOMATHÈS. Pour mettre un point final à notre entretien, puisqu'il se fait tard, quelle forme de châtiment méritent des magiciens et sorciers ? Tu les considères tous comme également coupables, me semble-t-il ?

ÉPISTÉMON. Ils doivent être mis à mort selon la loi de Dieu, le droit romain et impérial, le droit propre à chaque nation chrétienne.

Ph. Sous quelle forme, je te prie ?

É. La plus courante est par le feu, mais chaque pays peut en user comme bon lui semble selon ses us et coutumes.

Ph. Ne peut-il y avoir exemption pour des raisons d'âge, de rang ou de sexe ?

É. Aucunement (justice rendue qu'elle est, par le magistrat légitime) car c'est le comble de l'idolâtrie et la loi de Dieu ne souffre aucune exception en la matière.

Ph. On n'épargne même pas les enfants ?

É. C'est possible, mais cela n'enlève pas un iota à ma conclusion. C'est simplement qu'ils ne sont pas capables de raison au point de se livrer à ces pratiques. Quant à ceux qui les ont côtoyées sans les dénoncer, l'ignorance de leur bas âge leur servira certainement d'excuse[59].

Ph. Je vois que tu condamnes tous ceux qui sont au courant de ces pratiques.

É. Certainement, car, comme je l'ai dit à propos de la magie, ceux-là mêmes qui consultent, croient, ignorent, tolèrent,

---

59. Dieu reconnaîtra les siens !

entretiennent ou incitent les adeptes de cet art sont tout aussi coupables que ceux qui s'y adonnent.

Ph. Le Prince (ou le magistrat suprême), peut-il épargner les coupables ou fermer les yeux sur leurs agissements eu égard à certaines considérations d'importance connues de lui seul ?

É. Le Prince (ou le magistrat), en prévision d'autres examens, peut retarder le châtiment aussi longtemps que bon lui semble mais, finalement, épargner la vie et ne point frapper lorsque Dieu ordonne de frapper et de réprimer si sévèrement une faute et une trahison si odieuses envers Dieu n'est pas seulement contravention à la loi mais, sans aucun doute aussi, péché non moindre, imputable à ce magistrat[60], que celui commis par Saül lorsqu'il épargna Agag[61], et si proche du péché de sorcellerie lui-même, comme le faisait valoir Samuel en ce temps-là[62].

Ph. Me voici convaincu que ce crime doit être sévèrement puni. Les juges doivent avoir la sagesse de ne pas condamner n'importe qui, mais uniquement ceux dont la culpabilité leur est certaine, et il n'est nul besoin de se faire rebattre les oreilles par une vieille toupie dans un cas si grave[63].

É. Il est vrai que les juges doivent faire attention à qui ils condamnent car c'est un crime aussi grave, comme le déclare Salomon, « de condamner l'innocent que de laisser impuni le coupable. »[64] Et le témoignage d'une personne infâme ne doit pas non plus être retenu comme preuve devant la loi[65].

---

60. Où le Prince est soudain escamoté…

61. Roi des Amalécites qui bénéficia de la mansuétude de Saül mais fut tué par Samuel. I *S* 15:8-9, 33.

62. I *S* 12:20-25

63. Euphame MacCalzean ou Barbara Napier ?

64. *Pr* 17:15.

65. D'où le besoin de « prolocutors ». Le témoignage des femmes n'était pas reconnu, mais il devint nécessaire de les entendre dans de tels procès.

Ph. Et en quoi peuvent les aveux de nombreux coupables
peser contre l'accusé ?

É. Le jury doit servir d'interprète à notre loi dans ce domaine.
Mais il m'est d'avis que, puisque dans une affaire de trahison
à l'égard du Prince ni enfants, ni épouses, ni personnes de
bien pire réputation ne peuvent jamais, aux termes de notre
loi témoigner ou fournir des preuves suffisantes, certainement, pour une raison beaucoup plus importante, de tels
témoignages peuvent être retenus dans des affaires de haute
trahison à l'égard de Dieu, car qui d'autre que des sorciers
ou sorcières peut prouver leurs agissements et donc en
témoigner ?[66]

Ph. Je suis bien sûr, en vérité, qu'ils ne sont pas enclins à se
confier à un honnête homme. Mais que se passe-t-il au cas
où ils accusent des gens d'avoir assisté à leurs rassemblements imaginaires en esprit alors que leur corps était inerte,
comme tu l'as dit ?

É. Je pense qu'ils n'en sont pas moins coupables, car le Diable
n'aurait jamais osé emprunter leur ombre ou apparence
pour ce faire s'ils n'y avaient consenti. Et le consentement
en cette occurrence rend passible de la peine de mort.

Ph. Alors Samuel était sorcier, car le Diable a pris sa forme et
joué son rôle en répondant à Saül.

É. Samuel était mort depuis belle lurette et donc nul ne pouvait le diffamer en l'accusant de se prêter à ce jeu illicite. Si,
comme je l'interprète, Dieu ne permet pas à Satan de se servir de la forme et de l'apparence d'innocents en des
moments si illicites, c'est que Dieu ne laissera jamais un
innocent être accusé d'un si vil manquement car le Diable
trouverait maintes façons de diffamer les meilleurs. Nous
trouvons la preuve de ce que j'avance chez ceux qui sont
transportés par les fées et qui, devant cette cour, voient uni-

---

66. C'est ainsi qu'ont été menés les procès qui nous concernent, en présence ou non du souverain.

quement les ombres de ceux ou celles qui sont, par la suite, jugés pour avoir été leurs confrères et consœurs en cet art. Une autre preuve en vient des aveux d'une fillette, affligée par des esprits qui lui étaient venus par sorcellerie[67]. Bien qu'elle eût de ses yeux vu l'affliger les fantômes de divers hommes et femmes et désigné par leur nom ceux dont ils étaient l'ombre, il apparaît qu'aucun d'entre eux n'est innocent ; qu'un procès équitable les a tous trouvés fort coupables, et que les aveux de la plupart ont confirmé. En outre, je crois que l'on a rarement entendu parler de quelqu'un qui, reconnu coupable de ce crime, ne les aurait pas connus de visu en tant que compagnons, et non par ouï-dire ; et même ceux que l'on accusait de sorcellerie, mais contre qui on ne pouvait rien prouver, n'en étaient pas moins et de notoriété publique, réputés mener mauvaise vie. Car, je l'affirme, Dieu est très jaloux de la réputation des innocents dans de tels procès. En outre, deux autres bons arguments peuvent aider lors du procès : l'une est la découverte de la marque et le test d'insensibilité. L'autre, leur capacité à flotter sur l'eau. De même, lors d'un meurtre dissimulé, le cadavre manipulé à un moment quelconque par le meurtrier après son forfait répand un flot de sang comme si ce sang criait vengeance aux cieux sur la personne du meurtrier[68], Dieu ayant désigné ce signe secret et surnaturel afin de juger de ce crime secret et contre nature, de même il découle que Dieu fait en sorte que l'eau (en signe surnaturel de la monstrueuse impiété des sorciers) refuse de recevoir en son sein[69] ceux qui se sont séparés de l'eau du baptême et en ont sciemment rejeté les bienfaits. Non pas que leurs yeux soient capables de verser

---

67. Encore la fille du fermier de Seton déjà mentionnée ? Voir plus haut, note 18.

68. *Richard III* I ii.

69. La légende veut qu'Euphame MacCalzean ait ainsi surnagé avant d'être menée au bûcher.

des larmes (quelles que soient les menaces ou tortures auxquelles ils sont soumis) lorsqu'ils commencent à se repentir,
(car Dieu ne leur permet pas de dissimuler leur persévé-
rance dans des activités criminelles si monstrueuses) encore
que les femmes, tout particulièrement, soient par ailleurs
capables de verser des larmes à tout bout de champ au point
de les faire ressembler à des crocodiles[70].

Ph. Eh bien, nous avons fait durer cet entretien aussi longtemps que le loisir le permettait. En conclusion, et puisque
que je vais prendre congé de toi, j'implore Dieu de purger ce
pays de ces pratiques diaboliques, car elles n'ont jamais été
aussi répandues que maintenant.

É. Je prie Dieu qu'il en soit ainsi. Les causes n'en sont que
trop évidentes, qui produisent une telle foison : la grande
perversion des gens, d'une part, conduit à cette exécrable
apostasie, péché que Dieu punit à juste titre, par plus grand
péché. D'autre part, la fin de ce monde et notre délivrance
proche, font que Satan ne s'en déchaîne que davantage par
le truchement de ses instruments, sachant bien que son
royaume est si proche de sa fin.

Adieu donc pour aujourd'hui.

FIN

---

70. *Othello* IV i.

GÉNÉALOGIE

ANGLETERRE
Les TUDOR

ÉCOSSE

Les STEWART
Les HEPBURN/BOTHWELL
Les DOUGLAS

1 ANGLETERRE Les TUDOR

HENRI VII TUDOR 1457-1509 , roi en 1485 + Élisabeth d'York

Arthur 1486-1502
+
Catherine d'Aragon

Margaret 1489-1541
+
Jacques IV Stuart
+
Archibald Douglas
+
Henry Stuart

Henri VIII 1491-1547, roi en 1509
+
Catherine d'Aragon (a)
+
Ann Boleyn (b)
+
Jane Seymour (c)
+
etc...

Mary 1496-1533
+
Louis XII de France

HENRI VIII TUDOR

(a) MARIE TUDOR (Bloody Mary) 1516-1558, reine en 1553
(b) ELISABETH I 1533-1603, reine en 1558
(c) EDWARD VI 1537-1553, roi en 1547

Trône vacant en 1603

JACQUES I Stuart 1603-1625

2 ÉCOSSE Les STEWART, orthographe francisé en STUART par Mary.

D'origine normande, rois d'Écosse depuis 1371, accèdent au trône en très bas âge pour la plupart, d'où conseils de régence et intrigues de palais.

Jacques III 1451-1488 + Margaret de Danemark

→

Jacques IV 1473-1513 + **Margaret TUDOR**

→

Jacques V 1512-1542 (+ (a)Marguerite de Valois)+ (b) Marie de Guise

→

(9 enfants illégitimes dont **John Stuart Darnley**) et

(b) **MARIE STUART**1542-1587 + (François II) +**Henry Stuart Darnley**+James Hepburn Bothwell 4

→

JACQUES VI 1566-1625, roi d'Écosse en 1567/ JACQUES I roi d'Angleterre en 1603

3 ÉCOSSE Les HEPBURN/BOTHWELL

Très ancienne famille anglaise (Arundel), présente avant la conquête normande. Portent le titre héréditaire d'Amiral du Royaume.

Patrick HEPBURN 3ᵉ Comte BOTHWELL 1512-1556+Agnes

James HEPBURN 4ᵉ Comte Jean HEPBURN + (John Sinclair)+**John Stuart**+Archibald Parson of Douglas
troisième mari de **Marie STUART**   **Darnley 1531-1563**
1534-1578
déchu de son titre

Francis Stuart 5ᵉ Comte Bothwell
1562-1612, titré en 1577
déchu en 1612
(ipso facto demi-cousin germain du Roi Jacques)

4 ÉCOSSE Les DOUGLAS

Très ancienne famille écossaise, aux innombrables ramifications, dont celle des Morton. Généralement prénommés Archibald. Souvent impliqués dans des complots contre leur roi.

Archibald (Parson of) Douglas, appartient à une branche non titrée. Il a occupé des fonctions judiciaires et fut Ambassadeur de Jacques VI à la cour d'Élisabeth I. Il jouissait d'une réputation sulfureuse.
Dans la lignée principale, noter Archibald 6ᵉ comte Douglas, deuxième époux de Margaret TUDOR, fille de Henry VII.

TABLE DES MATIÈRES

❧

Démonologie

LIVRE UN
Contenant exorde général
et description de la magie en particulier

LIVRE DEUX
*Où il sera question de sorts
et de sorcellerie en particulier*